Kept Women Can't Quit

新編賈氏妙探

之20 女人豈是好惹的

賈德諾 Erle Stanley Gardner 著 周辛南 譯

目錄
Contents

Kept Women Can't Quit

出版序言

關於「妙探奇案系列」

當代美國偵探小說的大師，毫無疑問，應屬以「梅森探案」系列轟動了世界文壇的賈德諾（E. Stanley Gardner）最具代表性。但事實上，「梅森探案」並不是賈氏最引以為傲的作品，因為賈氏本人曾一再強調：「妙探奇案系列」才是他以神來之筆創作的偵探小說巔峰成果。「妙探奇案系列」中的男女主角賴唐諾與柯白莎，委實是妙不可言的人物，極具趣味感、現代感與人性色彩；而每一本故事又都高潮迭起，絲絲入扣，讓人讀來愛不忍釋，堪稱是別開生面的偵探傑作。

任何人只要讀了「妙探奇案」系列其中的一本，無不急於想要找其他各本，以求得窺全貌。這不僅因為作者在每一本中都有出神入化的情節推演，而且也因為書中主角賴唐諾與柯白莎是如此可愛的人物，使人無法不把他們當作知心的、親近的朋友。「梅森探案」共有八十五部，篇幅浩繁，忙碌的現代讀者未必有暇遍覽全集。而「妙探奇案系列」共為廿九部，再加一部偵探創作，恰可構成一個完整而又連貫的「小全集」。每一部故事獨立，佈局迴異；但人物性格卻鮮明生動，層層發展，是最適合現代讀者品味的一個偵探系列。雖然，由於賈氏作品的背景係二次大戰後的美國，與當今年代已略有時間差異；但透過這一系列，讀者仍將猶如置身美國社會，飽覽美國的風土人情。

本社這次推出的「妙探奇案系列」，是依照撰寫的順序，有計劃的將賈氏廿九本作品全部出版，並加入一部偵探創作，目的在展示本系列的完整性與發展性。全系列包括：

①來勢洶洶 ②險中取勝 ③黃金的秘密 ④拉斯維加，錢來了 ⑤一翻兩瞪眼 ⑥變！失蹤的女人 ⑦變色的色誘 ⑧黑夜中的貓群 ⑨約會的老地方 ⑩鑽石的殺機 ⑪給她點毒藥吃 ⑫都是勾搭惹的禍 ⑬億萬富翁的歧途 ⑭女人等不及了 ⑮曲線美與痴情郎 ⑯欺人太甚 ⑰見不得人的隱私 ⑱探險家的嬌妻 ⑲富貴險中求 ⑳女人豈是好惹的 ㉑寂寞的單身漢 ㉒躲在暗處的女人 ㉓財色之間 ㉔女秘書的秘密 ㉕老千計，狀元才 ㉖金屋藏嬌的煩惱 ㉗迷人的寡婦 ㉘巨款的誘惑 ㉙逼出來的真相 ㉚最後一張牌。

本系列作品的譯者周辛南為國內知名的醫師，業餘興趣是閱讀與蒐集各國文壇上高水準的偵探作品，對賈德諾的著作尤其鑽研深入，推崇備至。他的譯文生動活潑，俏皮切景，使人讀來猶如親歷其境，忍俊不禁，一掃既往偵探小說給人的冗長、沉悶之感。因此，名著名譯，交互輝映，給讀者帶來莫大的喜悅！

譯序

美國有史以來最好的偵探小說

周辛南

賈氏「妙探奇案系列」，（Bertha Cool—Donald Lanm Mystery）第一部《來勢洶洶》在美國出版的時候，作者用的筆名是「費爾」（A. A. Fair）。幾個月之後，引起了美國律師界、司法界極大的震動。因為作者大膽的在小說裡寫出了一個方法，顯示美國人在現行的美國法律下，可以在謀殺一個人之後，利用法律上的漏洞，使司法人員對他無計可施，只好讓他逍遙法外。

於是「妙探奇案系列」轟動了美國的出版界、讀書界和法律界，到處有人打聽這個「費爾」究竟是何方神聖？

作者終於曝光了，原來「費爾」就是名作家賈德諾的另一個筆名。史丹利・賈德諾（Erle Stanley Gardner）是美國當代最著名的作家之一。他本身是法學院畢業的律師，早期執業於舊金山，曾立志為在美國的少數民族作法律辯護，包括較早期的中國移民在內。律師生涯平淡無奇，倒是發表了幾篇以法律為背景的偵探短篇頗受歡迎。於是改寫長篇偵探推理小說，創造了一個五、六十年來全國家喻戶曉，全世界一半以上國家有譯本的主角——梅森律師。

由於「梅森探案」的成功，賈德諾索性放棄律師工作，專心寫作，終於成為美國有史以來第一個最出名的偵探推理作家，著作等身，已出版的一百多部小說，估計售出七億多冊，為他自己帶來巨大的財富，也給全世界喜好偵探、推理的讀者帶來無限樂趣。

賈德諾與英國最著名的偵探推理作家阿嘉沙．克莉絲蒂是同時代人物，都活到七十多歲，都是學有專長，一般常識非常豐富的專業偵探推理小說家。

賈德諾因為本身是律師，精通法律。當辯護律師的幾年又使他對法庭技巧嫻熟，所以除了早期的短篇小說外，他的長篇小說分為三個系列：

一、以律師派瑞．梅森為主角的「梅森探案」；

二、以地方檢察官Doug Selby為主角的「DA系列」；

三、以私家偵探柯白莎和賴唐諾為主角的「妙探奇案系列」；

以上三個系列中以地方檢察官為主角的共有九部。以私家偵探為主角的有二十九部，梅森探案有八十五部，其中三部為短篇。

梅森律師對美國人影響很大，有如當年英國的福爾摩斯。「梅森探案」的電視影集，台灣曾上過晚間電視節目，由「輪椅神探」同一主角演派瑞．梅森。

研究賈德諾著作過程中，任何人都會覺得應該先介紹他的「妙探奇案系列」。讀者只要看上其中一本，無不急於找第二本來看，書中的主角是如此的活躍於紙上，印在每個讀者的心裡。每一部都是作者精心的佈局，根本不用科學儀器、秘密武器，但緊張處令人透不過氣來，全靠主角賴唐諾出奇好頭腦的推理能力，層層分析。而且，這個系列不像某些懸疑小說，線索很多，疑犯很多，讀者早已知道最不可能的人才是壞人，以致看到最後一章時，反而沒有興趣去看他長篇的解釋了。

美國書評家說：「賈德諾所創造的妙探奇案系列，是美國有史以來最好的偵探小說。單就一件事就十分難得——柯白莎和賴唐諾真是絕配！」

他們絕不是俊男美女配：

柯白莎：女，六十餘歲，一百六十五磅，依賴唐諾形容她像一捆用來做籬笆，帶刺的鐵絲網。

賴唐諾：不像想像中私家偵探體型，柯白莎說他掉在水裡撈起來，連衣服帶水不到一百三十磅。洛杉磯總局兇殺組宓警官叫他小不點。柯白莎叫法不同，她常說：「這小雜種沒有別的，他可真有頭腦。」

他們絕不是紳士淑女配：

柯白莎一點沒有淑女樣，她不講究衣著，講究舒服。她不在乎別人怎麼說，我行我素，也不在乎體重，不能不吃。她說話的時候離開淑女更遠，奇怪的詞彙層出不窮，會令淑女嚇一跳。她經常的口頭禪是：「她奶奶的。」

賴唐諾是法學院畢業，不務正業做私家偵探。靠精通法律常識，老在法律邊緣薄冰上溜來溜去。溜得合夥人怕怕，警察恨恨。他的優點是從不說謊，對當事人永遠忠心。

他們也不是志同道合的配合，白莎一直對賴唐諾恨得牙癢癢的。

他們很多地方看法是完全相反的，例如對經濟金錢的看法，對女人——尤其美女的看法，對女秘書的看法——

但是他們還是絕配！

賈氏「妙探奇案系列」，為筆者在美多年收集，並窮三年時間全部譯出，全套共三十冊，希望能讓喜歡推理小說的讀者看個過癮。

第一章　運鈔車失竊案

走道磨砂玻璃半門上漆著「柯賴二氏私家偵探社」。左下側，在一般習慣註明資深合夥人的位置，漆著「柯氏」。右下側，則漆著我的名字「賴唐諾」。

沒有任何跡象別人會看得出柯氏實際上是一位女士，一百六十五磅結實的粗肉，加上一雙灰色多疑的眼睛。柯白莎是她的名字，她身體的外型，以及堅強的體能、個性，就像一捆做籬笆的有刺鐵絲網，才從工廠出來，隨時準備上船外銷。

我把門推開，向女接待員點點頭。走向漆著「賴唐諾——私人辦公室」的門，把門打開。

卜愛茜，我的女秘書，正在忙著剪貼的工作。她抬起頭來。

「唐諾，你早。」

我自她肩後向下看，看她在剪貼簿上貼些什麼玩意兒。是南加州待破刑案的第五冊。我們經常收集這類案子，必要時可以為我們生利的。經警方努力，我們想超過警方，再予破案的機會，不會超過萬分之一，但是我一直認為，身為私家偵探，不能不知道周圍還有多少刑案未破。

卜愛茜穿的上裝有一個大的方型領口，我自她肩後看向坐著的她傾前在簿子上貼東西，眼睛不免看到她頸部以下敞開的地方。

她感覺到我的凝視，移動一下位置，把手向胸前一捂，「噢，你！」她說。

我看向她新貼上去的一塊剪報，是一個大膽的竊賊，從一輛裝甲運鈔車上，偷了十萬元現鈔的報導。手腳乾淨到沒有人知道他怎樣偷的，在哪裡下手的，甚至什麼時候偷的。警方認為做案現場可能是在一家叫做「悅來車人餐廳」，汽車可以開進去的摩鐵裡。

有一個精明的十四歲男孩記得看到一輛裝甲車，停靠在那路旁的餐廳裡，幾乎立即有另一輛轎車，停到它後面去。一個年約二十五歲、紅頭髮的男人，用一個千斤頂，把轎車左前輪頂起。奇怪的是，證人宣誓說這輛車子的左前輪並沒有爆胎，而這個男人不厭其煩地做著換胎的手續。

錢是裝在後車廂的，要打開後車廂需用兩把鑰匙。一個鑰匙是在開車的駕駛手上，另一個在帶槍的護衛手中。所用的鎖，沒有鑰匙是絕對開不開的。

裝甲運鈔車出動，每次都是至少兩個人：駕駛和護衛。他們曾在上述地方停下來喝杯咖啡，但是他們依照規定，一個人坐在車上，另一個去買咖啡和甜甜圈。然後先走的人回來後，坐在車裡，再讓另一個人去買他要的東西。停下來喝杯咖啡原則上是違反公司規定的，但是公司對這種違規以往都是睜一眼閉一眼的，只要兩個人中有一個不離開車子，也就無人過問。

卜愛茜看向我說：「宓善樓警官正在和白莎進行密談。」

「交際？性？還是業務？」我問。

「我想是業務。」她說：「我早上開車來這裡上班的時候，從收音機聽到一些事。宓善樓和他同伴在調查一件案子。有謠言在說，他們追回來的一筆款子中，少了五萬元。」

「這件案子嗎？」我指向她才貼好的剪報問。

「我不知道了。」她說，然後又加言道：「白莎從不讓我參與機密。你是知道的。」

她微微改變一下姿態，上衣胸前又張開了一些。她說：「唐諾，不可以這樣。」

「不可以怎麼樣？」

「衣服設計不是叫人從這個角度看的。」

「這不是角度。」我說：「這是弧度，是溫柔的曲線，假如生出來不是給人看的，又何必生得如此美麗。」

她又把手伸出來，把上衣前面壓住。她說：「把思想集中在業務。我有一個想法，宓警官——」

她的話被電話鈴聲打斷。

她把話筒拿起，說道：「賴唐諾辦公室。」然後抬起眉毛，看向我。

我點點頭。

「是的，柯太太。」她說：「他才剛進來，我來告訴他。」

我聽到電話裡傳來帶有金屬聲，白莎呱噪的說著：「叫他聽電話，我自己告訴他。」

卜愛茜把話筒交給我。我說：「哈囉，白莎。有什麼事？」

「到這裡來！」

「有什麼不對嗎？」

「什麼都不對了！」她說著把電話掛了。

我把話筒交回給愛茜。我說：「大清早她吃錯藥了。」

我走出自己辦公室，又經過接待室，走進另一扇漆著「柯氏——私人辦公室」的門。

碩大的柯白莎，坐在辦公桌後，她在那把買來就會咯吱咯吱響的迴轉椅中，臉上的小眼和手上的大鑽戒都在閃光。

警察總局的宓善樓警官，嘴裡咬著一支沒點火的雪茄，像隻狗在玩橡皮骨頭。他坐在我們專給客戶坐的椅子中，下巴戳出半天高，像是準備讓別人揍一拳，或是他要給別人一拳。

「兩位早。」我說。愉快地向他們打招呼。

白莎道：「早你個頭！一早哪裡去了，親愛的？」

宓善樓用右手的大姆指和食指，把雪茄自嘴中拿開，他說：「你注意了，小不點兒。假如你又在出花樣耍我，這一次我會把你打碎，一片片的有如拼圖遊戲，保證很久，也湊不起來。」

「又怎麼了？」我問。

「童海絲。」宓警官說。

我等他說下文，但是他沒有說下去。

「別假裝什麼也不知道。」宓警官說，一面把濕濕的雪茄頭自右手轉向左手，同時用右手在背心下的口袋摸索著拿出一張方型的紙。紙上有女人筆跡寫著「柯賴二氏偵探社」和我們的電話號碼。

我看了一下，紙上有一種迷人的香水味道，但是，當我拿起來聞的時候，傳自宓警官毛手上的菸草臭味，蓋住了本有的香味。

「怎麼樣？」宓警官問。

「什麼東西怎麼樣？」我倒真的希望知道他的原意。

白莎道：「善樓，我可以打賭，假如她年輕、漂亮，而且來過我們公司，唐諾不會沒見到的。」

善樓點點頭，伸手拿回紙條，放回口袋去。他把濕濕的，不會冒煙的雪茄放回口裡去，咬了一分鐘，神秘地向我皺眉道：「她年輕，曲線豐富，名叫童海絲。小不點，你告訴我，她怎麼了？」

我搖搖頭。

「你說你沒見到她來聯絡？」他出乎意外地問。

「從沒聽到過這個名字。」我說。

他說：「好吧，你給我聽著。我要告訴你一些我已經告訴過白莎的事。這是一件機密的事。假如你看報，就多少知道一點了，昨天，一輛裝甲運鈔車報告說遺失了十萬元錢。一百張千元大鈔，統統都是千元面額的鈔票。

「我們自一個很可靠的眼線那裡得來一個線索。我先不給你說我們怎麼得來這線索，或是如何循線追查，總之，這件事指向一個專門騙人，紅頭髮的小渾蛋蒯漢伯。我告訴你，只要有機會，我會用雙手把他捏死——假如我有理由脫罪的話。」

「姓蒯的又如何惹你了？」我問。

「我們跟上了他。」善樓說：「他忙著東跑西跑，又幹這幹那，所以我們只是跟蹤他。證人的形容很切實，但是我們處事小心了一點，希望人贓俱獲。我們給他活動，最後才一次成擒。

「這傢伙有在悅來車人餐廳買東西吃。『悅來』那汽車可以開進去的餐廳，是全市女招待曲線最好的地方。大熱天，她們短裙、低胸，客人等於吃冰淇淋。冷天的制服是長襪、短褲、緊身毛衣，穿在身上像香腸外面的腸衣一樣貼，所有本錢都瞞不了人。

「他們做各種生意，生意也太好。總有一天我要說服上級給他來一個風化突檢，說不定關了他的門。問題是有很多常客，走過門口，進去喝杯咖啡，休息幾分鐘。所以，最近幾個月來，那運鈔車，每天定時經過這裡，開進去，停下來，車裡兩個人輪流下車，買點吃喝的東西，同時飽飽眼福。那餐廳既有車旁服務，也有餐檯服務。

「我們有理由相信，就在這個地方，有人用了複製的鑰匙，把車後門打開，取走那一百張千元大鈔。

「無論如何，當我們在跟蹤這個渾帳姓蒯的時候，他走進了那地方，要了些漢堡，說要帶走。他要了兩份大漢堡，一份所有作料都要加，另一份指定不要洋蔥。他們把他要的裝在一個紙袋裡給了他。他拿了紙袋，坐進他的車，等約好的馬子來見他。

「馬子沒有來。他好幾次看手錶，生氣了。過了一下他吃了這兩份漢堡——兩份漢堡都吃了。你要知道，一份是有洋蔥的，一份沒有。然後他把餐巾紙和紙袋拋入垃圾筒，搓搓手，回進車裡，開車回城。明顯的是，他一定約好什麼女人，要帶兩份漢堡，去什麼地方。那女人不喜歡洋蔥。他自己是要洋蔥的。假如他早知兩份漢堡都會自己一個人吃，他不會一份要洋蔥，一份又不要洋蔥。從這一切看來，可能那女人起疑了，放了他鴿子。

「反正，我們一路跟蹤蒯漢伯。離開了餐廳，他開車去一個有公用電話的加油站。他把車停下，走進電話亭。我們車裡帶有一副很好的雙目望遠鏡，為的就是應付這種場面，我把望遠鏡對準電話，看到他撥的號碼是CL六——九四〇三。

「為了我們不願意失去看他撥的電話號碼，我想我們犯錯把車停得太接近了。那傢伙正對電話講什麼的時候，突然回頭，正好他的眼睛被我用望遠鏡看得清清楚楚，我不知道他到底看到了我沒有，但是我犯了一個一般人很容易犯的錯。這望遠鏡是九倍的，十分清楚。我們的汽車停在七十五呎之外，但是自望遠鏡看出去，這個人好像是在八呎左右的距離。我看他一抬頭，我就對我同伴說：『不好了，他見到我們了，快上吧！』

「我們自車中衝出來。本來他並沒有看見我們，現在毫無疑問他看到了。他自電話亭竄出，就讓電話垂掛在電線上，跳進他的車子。在他還沒有發動引擎之前，我們的手槍已經從車窗中伸了進去，他不敢冒險，就在車子裡把手舉了起來。

「我們搜了他身，發現一支槍，也找到他公寓的鑰匙、他的地址等等。他也承認他是一個騙子。

「我的同伴駕著公家車子。我進他的車子，把他用手銬銬上，在前引路。我們不希望有他的任何東西沒有仔細搜查，所以在去總局前，我們去他住的公寓。我們看到一個上了鎖的箱子，我把鎖弄開，箱子裡有五萬元。五十張千元大鈔。正好是贓款的一半。我把公寓房間幾乎拆了，再也找不到另一半的錢。

「於是我們把他和五萬元贓款帶去總局。你知道這狗娘養的在總局說什麼了？」

「說你們揩油了另外那五萬元。」我說。

善樓咬了一口雪茄，把雪茄自嘴中取出，好像很欣賞它的味道。他點點頭說：

「正是他說的。還有，替『全保安運公司』保險所有裝甲運鈔的『哥德格保險公司』，竟對這狗狼養的所說的話半信半疑。好在姓蒯的說這些話是到了總局之後，否則他死得快，絕不會像現在那樣，還有一張完整的臉。

「好了，你知道我說的是什麼，我也懂得這是什麼意思。這意味著這傢伙有一個同謀，同謀分去了一半贓款。他不願說出同謀，所以血口噴人，嫁禍於我和我同伴。

「有了這個答案之後，我們出去找他的同謀人。自然，第一個線索是那電話號碼：CL六——九四〇三。

「這是一個私人電話。電話裝在拉拉明公寓的七A房間。拉拉明公寓是個高級安樂窩。其中七A住的一個漂亮小妞，名字叫童海絲。我們找到她時，她已經整裝待發，想開溜了。我們在她正想離開時找到她，她說蒯漢伯對她有心，但是她對他無意。漢伯不時騷擾她，常給她電話。她不知道他是怎麼知道她電話號碼的，反正電話號碼不是她告訴他的。

「最後，我們終於弄到一張搜索票，於是我們搜索這間公寓房間，真的翻山倒海地搜索。我唯一搜到有問題的是這張紙條。你們公司名字和電話號碼都在上面。

「我所推理出來的是：童海絲是蒯漢伯的共犯。她不知用什麼方法配到了運鈔車的車鑰匙。蒯漢伯是執行人。」

我問：「這女人在悅來車人餐廳做過事嗎？」

「沒有，她沒在那餐廳做過事。」宓善樓說：「假如她有這經歷，她現在早在牢裡了。但是，有一段時間她作過汽車開進去路旁飯店的女侍，也做過女秘書，然後，她突然富裕起來。過去幾個月她一直住在這個高級公寓裡，但是她並沒有在工作。我們找不到那個供養她的男人，不過卻知道這男人叫童達利。她就算是他太太。我不相信他們有婚姻關係。我們不知道她用什麼方法通知了童達利，再不然另外有人通風報信，反正童達利縮進了他的龜洞，死活也不肯露臉了。

「我們現在沒有一件事能吃住這個童海絲，除了我們知道蒯漢伯曾經自一個電話亭給她打過一個電話之外，這一件事是絕對定不住她什麼罪的。何況，把她真弄毛了，我們搜索她住的地方，這件事還是可以把我們弄得站不住腳的。搜索票是我親自保證可以搜到另外五萬元贓款才請出來的。這件事我也太冒失了一點，把自己頭伸出來太長了一點。不是她，就是童達利，兩個人中一定有一個是蒯漢伯的助手，但是，現在想要再弄清楚，可是難之又難了。

「所以，小不點兒。我來是要告訴你，這一個女人現在可是比一隻火爐蓋子燙手得多。假如她現在是你們的客戶，你在幫她出什麼鬼名堂，我保證你們的執照會

——」

此時，柯白莎的電話鈴響了起來。

白莎讓它響著。兩、三次鈴聲後，宓警官因為說話被電話鈴打斷，抬起頭來看向白莎。

白莎拿起電話，說道：「哈囉。」然後皺起眉頭來說：「他現在在忙。等一會再說，可以嗎？」

白莎又聽了一會，猶豫著，她說：「好吧，我叫他聽電話。」

白莎轉向我，「愛茜說有要緊事找你。」

我拿起話筒，卜愛茜用最低的聲音對我說話，她要保證房裡面的別人聽不到她在說什麼。她說：「唐諾，一位童海絲在你辦公室要見你。她看來非常有錢，她說是重要的事，而且要保證絕對機密。」

我說：「那只好叫這位先生等，等到——」

「不是先生，是位太太，」愛茜打斷我說話。

「我說只好叫這位先生等，我現在和白莎有重要事在談。」我一下把電話掛上。

柯白莎貪婪的小眼閃閃發光。「唐諾，」她說，「來的要是一個好客戶，這樣待他，可能他會跑掉的。宓警官只是問問那個童海絲有沒有和我們聯絡，既然她根本沒有出現在我們辦公室過，我想宓警官也該走了。」

宓警官自嘴中拿出雪茄，環顧一下道：「為什麼不在這裡準備一個痰盂，白莎？」

他把濕濕，咬得爛兮兮的雪茄屁股拿在手裡，不敢確定能不能放進白莎桌上的菸灰缸去。

「我們怎麼會準備痰盂，」白莎道，「這是一個有水準的地方。你給我把這渾賬東西拋到別的地方去。不要把我辦公室弄得臭烘烘的。我頂不喜歡——算了，唐諾，宓警官要說的早已說完了。你儘管去接待你那個新客戶好了。」

我對宓警官說：「他要了兩客三明治，一客有洋蔥，一客沒有，是嗎？」

「是的。」

「然後，他把兩客都吃下肚去了？」

「我告訴你過，是的。」

「那麼他一定在點過三明治，和拿到三明治之後，開始疑心有人在跟蹤了。」

「一點也沒有什麼疑心。」善樓提高聲音道：「他知道有個女人要來參加的。但是她沒有來，所以他把兩份都吃了。」

我說：「照你這樣說，他為什麼不在餐廳給她打電話？又為什麼要離開餐廳，然後再找電話亭打電話？」

善樓說：「他想知道為什麼她失約。他不知道有人在跟蹤他。」

「事實上他沒有見到你的望遠鏡？」我問。

「我以為他見到了。」

「你慌了？」

「是我搞糟了。」善樓承認道：「我收線收得太早了。他可能根本沒有見到望遠鏡，但是從望遠鏡裡看到他眼睛，像是什麼都看到了。」

我說：「也許你想法不對了，警官。說不定他是知道有人在跟蹤，故意給你們看到——」

宓警官打斷我說話，警告我道：「你給我聽著。你聰明，你能幹，我都知道。這件事我冒的險太大了。我到這裡來，不是來聽你建議的。我來告訴你，這件事不要你插手。不准你管——你懂嗎？」

白莎道：「善樓，你也不必這樣對唐諾。」

「去他的不必這樣。」善樓說：「這傢伙花樣多得讓我怕了他。他聰明，他太能幹。可惡的是他自以為更聰明，更能幹。」

我說：「這件事我又沒有惹你。假如你肯讓我現在先離開，我就告退。我們是要工作才有飯吃的，光在這裡聽訓會餓肚子的。」

我走出白莎的私人辦公室，快快經過接待室，匆匆打開我自己的辦公室。卜愛茜用大姆指指向內間，「在裡面。」她說：「老天！真是了不起。」

我交給愛茜一把鑰匙。

「這幹什麼？」她說。

「這是這一樓男洗手間的鑰匙。」我說：「你馬上帶她去那裡，把門自裡面門上。」

「為什麼？」

「叫你去就去！」

「為什麼去那裡？為什麼不去女洗手間？為什麼不……」

「走！」我說：「快走！」

我打開內間，走進去。

童海絲面向辦公室門，雙腿交叉坐在那裡。這個姿態一定是故意設計，擺在那裡給進門的人看的。為了加深印象，裙子比一般坐姿稍稍拉高一點點，也多見到一點大腿上的尼龍絲襪。男人見了保證會發一下楞。

我說：「哈囉，海絲。我是你要見的賴唐諾。目前，你的狀況糟極了。這位是我的秘書卜愛茜。她要立即帶你到走廊底上去，你跟她去躲一躲。」

我對愛茜說：「我會在門上敲我們的暗號。」

「快跟我走，海絲。」愛茜說。

「到底去哪裡？」海絲疑心地問。

「洗手間。」愛茜說。

「嘿，真想不到。」她站起來，把胸部一挺，跟了愛茜出去，根本不在乎我有沒有在看她的臀部。

她當然不必知道，穿成這樣的她，她知道沒有男人會不多看一眼的。

我在我辦公迴轉椅上坐下，開始把桌上文件東摸西摸。

宓善樓在一分半鐘後，打開辦公室門，自己走進來。白莎擔心地自他肩後向辦公室張望。

「你的男客人哪裡去了？」善樓問。

「哪個男客人？」

「你的新客戶。」

「喔，」我說，「沒什麼了不起的案子。一個小的收款工作而已。」

「唐諾，」白莎說，「你不能把一切不起眼的案子推掉的。我一直在告訴你，小案子，細水長流，才是生財之道。」

「這一件不行，」我說，「欠賬的總額不過一百二十五元。他又不知道債主住哪裏。我們先要找到債主，才能向他收款。」

「也沒什麼呀，至少我們可以找一找看。」白莎說：「你可以告訴他，找到，收到，我們取他一半當作工作費。」

「他告訴我工作費不可以超過二十五元，所以我叫他試試別家偵探社。」

白莎嘆口氣道：「這年頭客戶一個比一個小氣。」

善樓環顧一下道：「你的女秘書怎麼不在了？」

我扭一下頭：「一定是去走廊底了。怎麼啦？你要見她？」

「沒有，」善樓說，「我只是要弄弄清楚。」

他把剛才沒丟成的濕兮兮雪茄菸屁股又自嘴上拿下來，這次他毫不猶豫地把它拋進我的菸灰缸。我歡迎他這樣做，濃厚的雪茄菸味道，正好蓋過了剛才童海絲身上散發出來的香水味。善樓因為一直在抽那雪茄，把鼻子弄麻痹了。不過，剛才他把門一開，我曾很清楚地看到，白莎用她女人敏感的鼻子，起疑地嗅了一下。

「好了，善樓，」白莎道，「現在你知道了，我們不會在你面前耍什麼花槍的。」

「我知道你不會的，」善樓道：「但是，這一位小不點兒，我可不敢保證。」

我說：「警官，假如這裡面真如你所說，有五萬元大洋的出入在，你為什麼不鼓勵這女人來我們公司，看看她要說些什麼呢？說不定我們可以幫助你呢。」

「可能給我幫助，當然，也可能越幫越忙。」善樓說：「我對你太瞭解了，一旦她來看你，她成了你的客戶，你只會幫她，不可能幫我。」

「我能幫她什麼呢？」

「把這五萬元弄走。」

我搖頭說：「是贓款我們怎麼能幫她弄走呢？我們也許會幫她和警察討價還價。也許運鈔公司還會給我們五千元獎金。於是你就沒事了，她也沒事了。」

善樓說：「少夢想，我要你幫忙，自會通知你的。」

「好吧，暫時免談。」我說。

善樓還在東張西望。

我問：「裝甲運送一百張千元大鈔，為什麼？」

善樓說：「這一百張是國營商工海員銀行指定要的。我們追問，他們只告訴我們是一位客戶指定要的，其他什麼也不肯說。我們認為這是非法賭馬資金，但是又有誰能證明呢？無論如何錢是在車裡，而且是自車中丟掉的……你有什麼高見？」

「沒有你想要的。」我說：「你是不是想說要我們幫忙了？」

「滾你的蛋！」善樓一面說，一面向外走去。

白莎等門關上之後，說道：「唐諾，對宓警官下次不可以用這種態度。」

「又如何？」我說：「說來說去這五萬元，叫人心癢癢的。而宓警官又身受其害。假如我們能偵破這五萬元去處，我們救了善樓，又可以請保險公司給我們一筆可觀的獎金，那才有一點意思。」

白莎貪婪的豬眼閃爍發光，突然又黯然道：「不行，不能幹。」

「為什麼不可以幹？」

「因為他非整我們不可。」

「整！用什麼罪名整？」

「刑事，他會說我們是事後共犯的。」

「你來教我法律嗎？」我問。

「沒錯，這我懂得，我教你法律。」

我說：「白莎，我也懂一點法律。假如善樓想錯了。假如姓蒯的只是想和那女人交朋友。女人不是同謀，但是她多少知道一點內幕。假如我們對女的好一點，也許她會告訴我們一點線索。」

白莎想了一下，搖搖她的頭。只是，這一次沒有太過強調她的反對。

「警官憑什麼告訴我們什麼可以做，什麼又不能做？」我說：「他有一個假設，如此而已。怎麼得來的假設？一個電話，其他什麼也沒有。」

「他有整個警察部隊做他後盾。」白莎道：「你得罪了他們，他們不會讓你安寧的。」

「我沒有意思要得罪他們。」我說。

「那麼你準備怎麼樣？」

「用我自己的主意，經營我自己的事業。」我告訴她。

白莎轉身不理我，出門時把門砰一下帶上。

我等了兩分鐘，打開門，來到走廊上。

宓警官站在電梯門口。

「怎麼啦，警官？」我問：「電梯失靈了？」

「不是，」他說，「我就是對你不太信任。怎麼看，你的眼睛總是有點不對勁。你想去哪裡？」

「一號。」我說。把一串鑰匙拿在手裡，叮叮噹噹的弄出聲音來：「一起來嗎？」

「你滾你的！」他告訴我。

我走向走廊後端，宓警官的眼光跟了我走。

我假裝把一個鑰匙插進男洗手室的鑰孔去，其實我用另一隻手按在門上，用指尖打出我的暗號。我聽到門閂自裏面打開。門自裡面打開一條縫，卜愛茜的聲音問道：「唐諾嗎？」

我說：「站後一點。」我把門打開，自己走進去，把門自身後關上，把門閂起。

「這都是什麼意思？」童海絲說。

「什麼都是什麼意思？」我問。

她指指外間男人的便斗，她說：「看看這些擺設。」

「抱歉，我沒時間來改良室內裝潢。」我說：「你給我聽著，目前你比火爐蓋子更為燙手。警察總局的宓警官，就在走道頭上等著。」

「這個渾……人！」童海絲說：「他有什麼權利追著我不放？我又沒做什麼壞事。」

卜愛茜用大大的圓眼看著我。

「不管這些。」我對海絲說：「找我幹什麼？」

她上下地看我一下，她說：「我要你們的服務，但是，我不要在這種地方討論——不知道你有沒有其他什麼地方可以接待你們的女客戶？甚至我不知道你能不能幫我忙。」

「為什麼？」

「你不像我想像中的那種樣子。」

「你想像中是什麼樣子的人？」我問。

「寬肩、兩隻大拳頭的鬥士。」她說。

「賴先生用腦子和人打鬥的。」卜愛茜替我辯護地說。

童海絲故意環視一下四周的「擺設」，她說：「看得出來。」

「好吧。」我說：「兩不吃虧。我現在要先走，我會把宓警官引開，然後你們兩位女士再出來。愛茜，你回你的辦公室。海絲可以自己照顧自己，你走出大廈時宓警官一定會在外面等你的。你們兩個可有得談吶。」

童海絲怕了，「我根本對他的五萬元什麼都不知道，」她說，「那個蒯漢伯是一隻在叫春的魚雷，我甚至不知道他怎麼會有我的電話號碼。」

我伸手伸腳打了一個大呵欠。「不必告訴我呀。你看我不上眼，不是嗎？」

她再仔細看我一下。「也許人不可貌相。其實，換一個環境，換一個地方，我說不定會喜歡你的。」

「但是目前的環境，逼迫我們只能用這個地方。你找我為什麼？」

「我要你替我找一個男人。」

「什麼人？」

「童達利。」

「童達利是什麼人？」

「拿了我的鈔票，溜掉不見了的混蛋。」

「有親戚關係嗎？」

「我在教堂說過『願意』。」（夫妻關係）

「之後呢？」

「我以為你夠聰明的。」她說。

「那人是為了鈔票？」愛茜說。

「你對了。」海絲說。

「你的鈔票從哪來？」

「一位伯父。」

「多少？」

「六萬元。」

「付稅之後？」

「付稅和付律師費之後。這是我純得的。」

「有辦法證明嗎？」

「當然，這是有法院紀錄的。」

「到時候有人會查的囉。」我告訴她。

她咬她的嘴唇。

「怎麼啦？」我問，「什麼地方不對了？」

「沒有法院紀錄。我的伯父不相信銀行。他一生都用現鈔。他欺騙稅捐處。他有六萬元現鈔放在保險箱裡。他垂死的時候，交給了我。」

「懂了。」我說：「你說你伯父所積下來的六萬元都是千元大鈔，現在他都送給了你？」

「事實就是如此。」

「而你也不敢存進銀行去，因為收稅的人會問你錢是哪裡來的。於是你自己把它藏起來，又和童達利結了婚，童達利一直問你錢在哪裡，你不告訴他，有一天，他找到了錢在哪裡，拿了錢，他走了，是嗎？」

「是的。」

「所以，」我說，「你要我來找到他。要知道，假如這筆錢是報上所登裝甲運鈔車搶案中，你分到的一份，我就變成了事後共犯，可能會因此和你同去監獄十五年。換一種說法，假如你說的是真話，我替你把錢弄回來，我就變了逃稅的事後共犯。稍好一些，大概會判五年。謝了，這件案子我接不起。」

「等一下。」她說：「我有辦法。」

「說說看。」

「你替我找到我先生，找到那筆錢，其他我自己來交涉。」

我說：「我替你找到你先生，難保你先生不會大叫這筆錢本來就來路不正，你還是休想拿回來。」

「這沒關係。」

「為什麼？」

「我有他的把柄在手。」

「真是寶一對。」我說：「恐嚇、勒索、逃稅、觸犯刑事、我不幹。」

「你每天可以拿五十元規費，看我能收回多少，另外給你獎金。」

「多少獎金？」

「要看你多少時間內能找到了他。」

「百分之二十。」

「好，百分之二十。」

卜愛茜用「拜託」「懇求」的眼神看向我。我知道她不同意我接這件案子。

「你要先付些訂金。」我說。

「多少？」

「一千元。」

「你瘋了。我沒有一千元。」

「你有多少？」

「全部財產五百元。」

「在哪裡？」

她把一隻腳擱到房間裡的「擺設」上，自絲襪上端，拿出一個塞在絲襪裡的塑膠口袋出來。她把口袋撕開，裡面是五張百元大鈔。

「換零鈔有困難嗎？」我問。

「什麼零鈔？」

「千元大鈔換開來呀。」

「滾你的！」她說：「你到底接不接這件案子？」

我說：「好妹子，醜話說在前面，假如給我查出你和裝甲運鈔車搶案有關，我會把你送進警局的。假如你對我說謊，一切後果你自己負責。假如你是玩真的，我會想盡辦法替你去找童達利。」

「公平！」她說：「你找到他，我會告訴你真相。不過你要快，一定要在他把錢花完之前找到他。」

「他離開你多久了？」

「一個星期。」

「有他的相片嗎？」

她打開皮包，拿出一個皮夾，自裡面拿出一張相片，交給我。

「頭髮什麼顏色？」

「深的。」

「眼睛？」

「藍的。」

「多重？」

「一百七十磅。」

「多高？」
「六呎。」
「幾歲？」
「二十九。」
「脾氣？」
「看情況而定。」
「情緒？」
「情緒化。」
「你以前結過婚嗎？」
「應該不關你的事，不過我結過婚。」
「以前有幾次？」
「兩次。」
「他以前呢？」
「一次。」
「你還真是非常棒的。」我看著她身材說。
她說：「你也認為嗎？」她把雙手自上身沿曲線順著往下摸。「謝謝你，賴先生。我自己倒不覺得。」

我說：「我沒有時間和你客套，也不是恭維，事實上你是個很漂亮的妞。」

「好，就稱我天生麗質，如何？」

「你又有些錢，你丈夫絕對不會離開你，除非另外又來了一個更漂亮的妞。她是什麼人？」

「為了錢還不夠？」

我搖搖頭，「少來了，是哪一個女人？」

「連愛玲。」

「那還差不多。」我說：「現在，假如你告訴我連愛玲是在悅來車人餐廳工作的，那麼我就不必再問其他問題了。」

「你怎麼知道？」她說：「我先生就是在那裡見到她的。」

我把五百元放進我口袋。「好了，」我說，「替你辦事。」

卜愛茜抓住我手臂，「唐諾，這樣不好。」

我說：「愛茜，每項職業都有職業病的。」

童海絲生疑起來，「什麼職業病？你們兩個在打什麼啞謎？」

我說：「與你無關，愛玲長得怎麼樣？」

「紅頭髮，大眼睛，一副天真相，二十三歲，一百一十七磅；三圍是：三十六；二十四；三十六。」

「她有什麼比你強的？」

「她和我丈夫勾勾搭搭的時候，並沒有請我旁觀。」

「你為什麼對她身材的尺寸那麼清楚？」

「不只我一個人知道，去年全美五金年會，她被選上了全美五金小姐，所有資料都是公開的。」

「她和五金器具有什麼關聯？」

「什麼關聯也沒有。那時她在一家進口公司管賬。」

「那她怎麼會改行去接待開車進去吃速食的客人？」

「那是做五金小姐之後的事。她立意找一個有錢，或有辦法弄到錢的男人。她找到了達利。她現在已經不幹了。」

「有概念他們現在在哪裡嗎？」

「我要知道的話，還會付錢叫你去找他們嗎？」

「萬一我找到了他們，要我怎麼辦？」

「只要告訴我就行了。」

我轉向愛茜，我說：「我出去之後，你等上三分鐘，你把門打開一點，看清楚走道上有沒有人。沒有人的話，你回你辦公室，白莎問你，你就死不開口。」

我轉身又向海絲說：「你跟她出去，乘電梯到一樓，出去左轉有個大百貨公司。那家女士洗手間有兩個進出口。你自一個進去，立即自另一個出來。注意有沒有人在跟蹤你。

「回家後，你每天中午出來一次，找不同的公用電話和愛茜聯絡一次。把你聲音裝粗一點。就說你姓丘，特別說是沒有耳朵的丘，丘八的丘。問我有沒有找到你那個不成器的酒鬼丈夫。你的名字叫丘貴珍。

「假如我有什麼消息，愛茜會告訴你哪裡可以和我見面。你撥這裡電話的時候，要確定沒有人會見到你撥幾號。你完全懂了嗎？」

她點點頭。

我把門打開，大步走出去。

宓警官正有點等得不耐煩，在向我走過來。

「你也真會磨菇。」

「反正是白莎的時間。」我告訴他：「這也是整回她的一種方法。想不到你對我那麼眷顧。」

「你現在又準備幹什麼？」

「出去。」

「我跟你一起出去。」

「好極了，走吧。」

他跟了我一起走進電梯，下樓。

「我希望你不要弄錯了。」他說：「這件案子我要一個人把它偵破。懂了嗎？小聰明，小不點，我一個人！不要你在裡面混！」

「那好極了。」我說。

「不需要你。」

「我知道了。」我告訴他：「子曰：有志者事竟成。」

「這句話是孔夫子說的嗎？」

「我怎麼知道？」我說。

「有一天，」他說，「你會『死』的。」

「我死過的。」

「死得很慘！」

我看他在看雪茄攤子。

「跟我來，」我說，「那攤子裡有一個漂亮妞，我經常和她擲骰子『喜巴拉』，賭她的雪茄菸。去贏她幾支，我會送你兩支的。」

「去你的，一天到晚女人。」他說。

「你比我好？一天到晚雪茄菸！」我說。

他跟我走過去，我和女郎賭雪茄菸，把得不償失的雪茄送了一半給他。我不喜歡巴結他，但是我更不喜歡讓他看到走出大廳去的童海絲。那有什麼別的辦法，他有時說得對，我懂得避重就輕。

第二章　選美皇后

全國五金商會洛杉磯分會管理公共關係的主管是孔潔畔。從他辦公室中佈置的每一件陳設，都給人一種印象，他是有性格的。

誘人的女秘書，把曲線合身地包在一套緊身毛衣中，靜嫻、無邪地向我一笑，好像一點都不知道別人在飽覽她的身材似的。

「請問你，我要告訴孔先生，你找他是為什麼呢？」她問。大大的藍眼，天真地看著我。

「和孔先生討論宣傳後，一個有趣的合併症問題。」我說。

「宣傳後？」

「是的。」

「什麼叫宣傳後合併症？能不能先請你解釋一下？」

「當然，」我說，「我只要幾句話就可以解釋得清清楚楚，不過是向孔先生解釋才行。」

我向她笑一笑。

她自桌子後面站起來，繞了桌子走，使我也可以看到她這套衣服背後也是貼身的。她走進玻璃上漆著「孔潔畔，私人辦公室」的門，沒一會兒，她回來說：「賴先生，你可以進去了。孔先生調整了他自己一個約會時間，願意先見你。他才自外面用飯回來，本來有幾個私人約會的，不過，他願意先見你。」

「謝謝你。」我說，一面走了進去。

孔潔畔坐在辦公桌後，身子略向前傾，嘴巴向兩側一拉，八字鬍左右向上一翹，做出信心十足的樣子。人工做出來的天真無邪狀，是和他秘書一個廠出品的。

他肩膀很寬，三十出頭的年紀，黑髮，黑眉毛，敏銳的灰眼珠。

「賴先生！」他大聲地招呼，站起來，像手槍射擊似的伸出他的右手。

我把右手軟軟地伸向他，以忍受他預期的用力一握。我也知道他這種人不會一下把手放掉，因為他是一個「公關」。

「賴先生，你好。請坐。我秘書說你要討論一件宣傳後的合併症？」

「是的。」

「那是什麼東西？」

我說：「你們做公關的很會用腦子。你們想出各種有用的方法。方法用了一次，就忘記了，如此十分浪費。有的時候，舊法新用還是十分良好的。」

「請你說清楚一點。」他請求道。

「喔。大致言來，」我一面說，一面環顧辦公室四壁上的照片，「任何一個你用過的主意——噢，這些照片漂亮極了。真是照得好。」

孔先生無聊地說：「你看來也許不錯，做我們這行的，泳裝女郎一元買一打，可能還另送你六瓶洗髮精。漂亮女郎見多了。」

「為什麼做五金生意要用漂亮女郎？」我問。

他說：「老兄，我因為太忙，沒有時間教你怎麼做公關。大致言來，我們要銷售的東西別人不會一看再看，也不會當照片掛在牆上，所以我們利用漂亮女人，叫大家回頭再看一下。

「這和汽車廣告是一樣的。你幾時看到過有人把汽車照片掛在客廳裡的？但是，有了泳裝美女，或是穿了絲襪的長腿自車門跨出來，這一類照片收集的人就多了。你現在看到照片裡的這些女人，都想贏得『小姐』頭銜和一千元獎金。那是幾個月之前，在新奧爾良舉辦的全美五金器具年會活動之一。所有活動都是我策劃的。」

「真是一個比一個漂亮。」我說。

「是的，都是些漂亮寶貝。又如何？」

「什麼人贏了？」

「選美第六號。」他說。

「有一件事你會有興趣的，」我說，「這也是我說的宣傳後合併症。我敢打賭，這個第六號，以前也許是一家餐廳的女服務員，或者是──」

「她是一家進口公司管賬的。」他打斷我的說話。

「好吧，」我說，「她是管賬的。她長得漂亮，但是大家沒有注意到。她也只是做她每天的工作，直到有一天她聽說有一個選美機會，要選什麼五金小姐的后座。她就膽怯地填了一張申請單。她知道說不定要以泳裝姿態出現。她考慮了一下，最後說，管他的呢，於是她──」

「膽怯地填了一張申請單，你說？」他又打斷我說話。

「是呀！」

「那個女人，不是。」他告訴我：「要是我沒有記錯，她懷疑有一個女孩子在泳裝下面墊了東西，所以是她提出來的，出場之前要有人檢查，一律要真價實貨才行……我的秘書對她瞭解得要多一點，我記不起細節了。對我來說，不過只是一次選美而已。老實說辦太多了，疲了。」

「我知道，」我說，「我說的是後遺症。她贏了，贏得了選美。也——」

「也贏得了現鈔。」他不齒地說。

「好吧，現鈔，但也得到了宣傳和到好萊塢的機會。據說這種比賽冠軍最後都會有試鏡機會的。」

「喔，當然。」他說：「這也是噱頭之一。那邊牆上有張照片，照的是給她一千元的支票。一起給她的是試鏡合約，當然也上了電視……這些是免不了的。報紙上也有一角——等於是付廣告費。」

我走過去看他指給我的那張照片。照片上的孔潔畔儘量裝出有那麼回事的樣子，女郎用感激之情看向他。她一定是深吸了一口氣，胸部特別挺出，腹部特別收縮，泳衣在她身上有如香腸外面的一層腸衣。照片下面有標題：「連愛玲當選全美五金商會大會選美五金小姐后座。」

「你自己不是五金商吧？」我問孔先生。

他搖搖頭，「我只是做公共關係。」

「我還以為頒獎的時候，應該由公會高級職員擔任的。」

「這表示你不懂得這一行秘訣。」他說：「這些人是結了婚的。他們的太太不喜歡他們和泳裝女郎在一起拍照。」

「你不也是有太太的嗎？」

「那不一樣，這是我的工作，我靠這工作吃飯。我太太瞭解，這種照片越多，表示我生意越好，我可以給你看幾千張和不同女人照的相片。」

「那麼這些五金商人對奪冠的女人都躲得遠遠的？」我問。

「別傻了。」他說：「只是不要和她在同一張照片出現而已。但是他們討好她，用手沿了她泳裝摸，拍她屁股叫她好好的幹。偽君子。不過這是這種遊戲的一部分。這也是為什麼他們要給她一千元錢。就是叫她秀一秀的。」

「喔！」我說：「但是她的收穫可大了。想想有了這樣一個進階，以後前途就容易了，一定電視電影都有份了。」

「老天！你可真天真得可愛。」孔說。

「怎麼啦？」我問。

他說：「你浪費我太多時間了。這一切對我有好處嗎，賴先生？」

「當然，」我說，「當然有好處。假如你說得有理，我就專門寫一篇自公關專家對選美看法的文章。大家都認為這些參加選美的小姐在迷惑著觀眾，但我們看來，她們是一元一打，還另有贈——」

「等一下，等一下，」他著急了，「別斷章取義，這一段不能寫的，這會破壞形象。我們重新開始。我是一個熱衷美好事物的人，我對美女獨具慧眼——當然是職業上的。我看到女人，不管她是管賬的、侍候人的、帶票的，或任何職業，只要她有特別的地方，我一看就知道。我和一般大眾一樣，關心她們會有戀愛機會，會被星探發現和平步青雲。她們都是灰姑娘，我是星探，是好媽媽。我揮舞一下公關的魔棒，她們說變就變。知道嗎？我要的是這種宣傳。」

「我懂了，」我說，「那個女人現在怎麼樣了？她叫什麼名字？」

「都在照片底下標題上，姓什麼的？名字叫愛玲。」

「是的，連愛玲。」我說，一面看照片下的標題，「她現在在哪裡？」

「我怎麼會知道？我給了她支票之後就沒有再見過她。」

「我能不能問問你秘書，她會有她地址嗎？」

「喔，我給你找找看，我該有她地址的。」

他打開一個抽屜，摸弄了半天，又打開另外一個抽屜，翻了好幾本冊子，終於打開第三個抽屜拿出一本記事冊來。

「連愛玲，」他說，「最後一次電視試鏡的時候，她住在涼風山旅社。」

「我想那次五金選美之後，你早把這件事忘了，也把這個女人忘了。你又去想別的點子了。」

這樣說，他就有了些反應了。「那有什麼辦法，我能靠一個主意吃一輩子嗎？何況更不能靠這種女人——」

突然他停下來，「你，來幹什麼？這女人——你來給我什麼好處？」

我點點頭。「我可能以這件事為主題，寫點東西出來。」

「對我有什麼好處？」

「至少不會有壞處。」我說。

「這是一定的。」

「宣傳，」我說，「對你永遠只會有好處，不會有壞處。」

「你要知道，要是她目前生活得不愉快，越混越窮，這種宣傳可沒什麼意思了。要知道這種女孩子因為得了一次選美皇后，自以為進軍好萊塢有望了。高不成低不就，不能安心做秘書工作，也不肯隨便嫁人，蹉跎過氣的比比皆是。你既然找她，可以試試看，找到了也給我一個電話，我倒給你引起興趣來了，也想知道她變成什麼情況了。」

「我有什麼辦法找她？」我說：「你把她地址打聽出來，我去訪問她還可以。」

他說：「我研究一下再說。也許我會試一下。你明天給我一個電話試試。」

「好的，一定給你電話。」我保證道：「也許我們合作一下，大家都有好處。」

我們再一次握手。

我走出他辦公室，自動關門器在我身後把門關上。

我轉身向那秘書小姐，上下看了一下說：「奇怪，他們為什麼沒有請你出馬？」

「出馬幹什麼？」

「參加競選五金小姐呀。」我說：「就是五金商全美年會那一次舉辦的選美。老天！要是你也參加，哪輪得到連愛玲！」

她把眼皮下垂。「孔先生從來不考慮他認識的人的。」

我激賞地又仔細看著她，她害羞地躲過我的眼神。

我不經意地問道：「連愛玲現在幹什麼？」

她做了一個不知道的姿態。她說：「有一陣子她掛名在星路介紹所，等候給她機會去做大明星或是廣告模特兒。她在電視公司弄到過幾個鏡頭。每天睡到十二點起床。然後，在美容院待上一、兩個小時。」

我同情地點點頭。「我知道這種人。」

「之後，她找到了一個汽車餐廳，在汽車堆裡走來走去的工作。又之後，她和一個有婦之夫溜了。」

「她總有個地址吧？」我問。

「她以前是住在涼風山旅社的。」她說。

「這樣好了，」我一面說，一面拿出一張十元的鈔票，「你一定有很多她的照片。我想要幾張。我在找她，但是不能帶了照相師找她。你看怎麼樣？」

她看看鈔票，猶豫著。

「孔先生會知道你問我要照片嗎？」

「孔先生會知道我給你十塊錢嗎？」

她收下十元。

她自索引找到檔案號碼，又自檔案櫃裡拿出一些照片，又自照片中找出兩張有雙份的，各拿了一張給我。

「這兩張行不行？」

我看這兩張照片，吹了一下口哨。

她說：「看樣子你中意了。」

「我只是奇怪，」我說，「這些照片。孔先生辦公室裡的幾張都沒有這兩張暴露。」

「那些是給記者的，」她說，「這些是給出錢的贊助人看的。」

我說：「下次你肯出馬的話，我死活也要弄一個贊助人幹一幹。你會出馬嗎？」

她看看我，「你舉辦一個選美會，我可能會出馬的。」

她桌上的鈴聲響了。

秘書向我一笑道：「抱歉，賴先生，老闆要找我了。」

我故意不立即離開，看著她背影走向孔先生辦公室，就在她開門的時候，她注意到了我在看她，又給了我微微一笑。

我走出門去，仔細看那兩張照片。背後都有一個橡皮圖章，戳著一個日本照相師和日山照相館的名字。

日山照相館的地址是在舊金山。

第三章 偽新婚夫婦

電話簿上看來，涼風山旅館叫做涼風山莊，是一個公寓旅社。我打電話找經理，來聽電話的女人說：「我是賈太太，是這裡的經理。」

我說：「我在找連愛玲，她有自己的電話嗎？還是一定要經過你們的總機——」

「她自己有電話，電話仍在她公寓房間裡，不過昨天下午她遷走了。遷走也不通知我一下。」她說：「她只留下一張條子給我，說是房租是付到月底的。不過我可以馬上出租，她不回來了。」

「你知道她去哪裡嗎？」

「我不知道她遷去哪裡，我不知道她為什麼遷出去，我不知道什麼人幫她搬的家，我也不知道我現在在和什麼人說話。」

「王先生，」我說，「我以為可以在她搬家之前找到她的，顯然找晚了。」

我把電話掛上。

我打電話到辦公室，請總機小姐接卜愛茜。

「愛茜，」我說，「替我做件工作好嗎？」

「要先知道是不是規矩工作才行。」

「這一件可一點也不規矩，可能連你的好名譽也要賠進去。」

「喔！賠點名譽就可以了嗎？」

「不止如此，這只是第一步。」

「怎麼會？」

我說：「我會把公司車停在涼風山莊公寓旅社的門口，我自己會坐在車裡。地址是涼風山路和三十三街交叉口。你乘計程車過來，把你那個名字戒指拿下來，套到左手無名指上去，把名字轉到手掌那一面去，讓別人看到你手背的時候，以為這是你的結婚戒指。你要儘快過來。」

「唐諾，這件事我真希望你沒有接手。」她說。

「但是，我已經接手了呀。你到底來不來？不來的話我只好去聘一個女作業員，到時白莎非大叫不可。」

「你去請女作業員好了，白莎反正叫習慣了。」

「好吧。」我說：「這個角色要暫時做我太太一陣子，假如那女作業員動了真情——」

「怎麼說，你在說什麼？」她打斷話問我。

「是一個要親近一點的工作。」

「好吧，我來幫你忙。你要我馬上上班？」

「是的，越快越好。有人在注意我們公司的行動嗎？」

「至少我看不出來。」

「沒有見過宓警官嗎？」

「沒有。」她說：「有一封信，專差送來的，說是要你親啟的。」

「把它帶來好了。」我說。

我掛上電話，拿起電話又再撥哥德格保險公司。總機接通時我說：「請問哪一位在調查裝甲運鈔車竊案？」

「我看這件事你應該問陸喬生先生。」她說：「我馬上給你接過去。」

過不多久，一個男人聲音說：「哈囉，我是陸喬生。」

「你在負責運鈔車理賠，是嗎？」我問。

「我是在調查這件事。」他小心地說：「你是哪一位？」

「哩。」我說。

「李先生？」

我說：「哩是口字旁一個鄰里的里。也就是一英哩的『哩』，你知道一哩有多少呎嗎？」

「當然。」

「幾呎？」

「怎麼啦？你是在開什麼玩笑？」

「記住這個數字，當它是個暗號。」我說：「五千二百八十。以後，我再打電話給你，就只提這個暗號——五千二百八十。我問你一件事，有關還沒有找回來的五萬元，假如我能找到，放在一個銀盤子上，雙手奉上，我能拿多少好處？」

「這一類生意，我們有規定不能在電話上談。」他說：「老實說，哩先生，我們也不做犯法生意。」

「誰叫你犯法了？」我說：「你面臨損失五萬元的危機，拿一點出來分分是值得的。」

「假如一切手續是合法的。」他說：「我們公司對獎金一向是十分大方的。但是除了當面談判，我們沒有其他方式的。」

「你說大方，是什麼意思？百分之五十？」我問。

「老天！哪有那麼好事。」他說：「那變自殺了。據以往經驗，最多百分之二十。」

「二十五。」我說。

「假如你不是空穴來風，」他說，「我們很願意和你當面討論這件事。」

「我是有依有據在和你討論，」我說，「我的開價是替你們收回總數的四分之一算獎金。」

「假如真能收回來全部或一部分，我也沒有資格應允你那麼高的獎金百分比。我們一般的獎金都是百分之十。」

「可能這就是你們每年理賠要花那麼多錢的原因。」我說：「記住我姓哩，暗號是五千二百八十。」

我掛上電話，坐進公司車，直駛到涼風山莊公寓旅社。

等了十分鐘，一輛計程車把卜愛茜帶到。

我替她付了車錢，把計程車遣回。

「好極了，愛茜。」我說：「我們兩個進去。」

「要做些什麼？」她問。

「租一個公寓。」我說：「先要和經理應酬一下，交際。我們是友善、受尊敬、安靜的一對親愛夫妻。你要特別嫻靜，容易相處才行。」

「我告訴他們我叫什麼名字呢？」

「當然是賴太太。」

「這樣說來我們要待在同一個公寓裡，由你來扮演一隻大男人沙文主義的大豬？」

「別傻了。」

她紅著臉，發怒地看向我。

「因為，」我說，「我不會住在裡面。我離家有事，我出遠門。你要一個人住在裡面看住電話。假如有人找連愛玲，你就假裝誤接了。過得去就冒充連愛玲一下，混不過去，你就說是她的好朋友，她一時不能回來，但是你有辦法可以替她轉消息。你要想辦法弄清楚來電的是什麼人，重要的還要不使對方起疑。要友善，要自然。來電的如果是男人，更要聲調誘人一點。」

「但是，我們為什麼要特地租一個公寓呢？」她問：「老天！萬一給白莎發現——」

「我們這一行不能等機會。」我說：「我們一定要自己去製造機會，要不斷地向前移動。走吧！我們進去再說。」

我們走進涼風山旅社，按門上貼著「經理——賈麥琳」的門鈴。開門出來的女人四十餘歲，她是一個大個子女人，體型正開始在走下坡，臉上死板板的，有點宿命的味道。

「有什麼事？」她隨便看我們一下說。

「我聽說你下個月會有公寓空出來。」我說。

「我們現在就有三間公寓空著。」她說。

「可以看一下嗎？」

「當然。」她又看我們一下，這次比較仔細。

愛茜端莊地說：「我們兩個都一定要工作，所以我們只有晚上和週末在家。白天家裡不會有人。」

「沒有孩子嗎？」經理問。

卜愛茜搖搖頭，把自己嘴角向上扭曲了一下，有點要哭的樣子。

「請你們跟我來。」賈太太說。一面自門後拿出一串鑰匙放手裡，「有兩間公寓相信你們會合適的。」

給我們看的第一間乾乾淨淨，裡面沒有電話。第二間大得多，也沒有電話。

卜愛茜疑問地看向我，我搖搖頭。

「你還有別的嗎？」愛茜問。

「我還有一間才空出的。」賈太太說：「這一間還沒清理。房客遷出的時候怎麼樣，現在還是怎麼樣。她遷出都沒有通知我，只是寫了張條子給我。」

「讓我們看一下，好嗎？」愛茜不好意思地問。

賈太太帶我們到我想要的公寓去。

房間亂得一團糟。裡面有電話。遷出的房客一定是匆忙中離開，她也無意隱瞞她是匆忙離開的。一個廢紙簍，裡面塞飽了任何一家抽屜裡都有的、平時無意拋棄、只有搬家時才下得了決心的廢紙。牆角拋棄的東西有舊鞋、破襪、紙團、衣架。地上到處還有團皺了的紙。

賈太太厭煩地輕輕叫了一聲。「要是早知你們今天有意看房子，本來來得及叫人清理一下的。」

我看向愛茜，給她一個暗示。

「親愛的，」我說：「你看怎麼樣？當然房間亂得這樣，什麼也看不出來。不過好像這就是我們想要的那種公寓。」

愛茜三心二意地說：「話是不錯，但是唐諾，你要記住，我們是一定要今天立即遷入，才可以的。」

「不錯，」我不得已地說，「這也是事實，親愛的，我告訴你怎麼辦。這地方是我們看了半天比較合適的了。唯一缺點，是目前還沒整理好，不能搬進來——」

賈太太說：「為什麼你們一定要今天立即遷入才可以呢？」

我說：「我們現在住在朋友家，每次要遷出來他們一定加以挽留。他們有個小孩，又擔心臨時保姆不會照顧。因為我們住在朋友家，他們活動範圍大多了。我們給他們看孩子，他們有出去的自由。今天早上，他們的父親母親來了。倆老有寫信說要來住，但是信不知怎麼沒有寄到，所以，今天我們一定得遷出來。」

我突然把皮夾自口袋中拿出來，我說道：「這樣好了。我們要租下這公寓，而且房租每月先付後住。但是，因為這房子沒有清理，我第一個月的房租要扣掉你五元。東西明天叫女傭來清出去。你把乾淨的被單、毛巾給我們，我們今天就住進來。今晚我要出差去舊金山，愛茜會留下來。我自己會一次次把東西搬過來。我會先用電話通知朋友新地址。他們也急著知道我們有沒有租到公寓。他們說要把父母先安置在旅社裡。我告訴他們我一定找得到合適公寓的。」

賈太太猶豫道：「你們準備租多久，要不要簽一個一年的合約？」

我說：「假如不是必要的話，我希望不要簽那麼久。我有機會調職的。」

「賴先生，你是做什麼工作的？」

「高機密性的工作。」我說：「當然，假如你們有規定，我可以給你幾個非常有名的保人。其實，也不一定需要，因為我希望用現鈔付租金，而且是先付後住的。」

她笑笑道：「公寓弄成這樣，我當然不好意思在清理前租出去。不過，假如賴夫人不在乎……」

「我不在乎，」愛茜一面說，一面環顧道，「不過老實說，我今晚不過馬馬虎虎一整理，能睡覺就好。主要的明天反正你們女傭會來，請她整理好了。」

「那是一定的。」賈太太說：「我現在就把你要的毛巾、被單拿上來。」

她又對我說：「跟我下來，我給你開房租的收據。」

電話開始響了。

我皺一下眉道：「我想上一位房客沒有通知電信局，她搬家了。」

「沒有，名字還是她的，連愛玲。」她說。

「沒關係，這件事我來辦好了。」我扶住她手肘，回頭有意向愛茜看了一眼。

我帶了經理走出房間，來到電梯。

卜愛茜向電話走去。

在賈太太辦公室裏我拿到了收據。我對她說：「我先去告訴太太，我出去拿行李。」

我匆匆走回公寓房間。

「什麼人來的電話，愛茜？」我問。

她說：「唐諾，你還真是走了不少地方。」

「何以見得？」

她說：「來電話的是位男士，他要找連愛玲。我告訴他她不在，但是我可能馬上會見到她，問他要不要我給他帶個口信。他說請她打電話給一位孔先生，是做公共關係的人。我告訴他，她好像不太方便打電話。我說她現在的情況只能打電話給我，我代她轉一切消息。他要知道我是什麼人，我告訴他我是她室友，終於他相信了，他說有一位賴先生曾來問三問四。他說他有點起疑，所以找一找賴先生在電話簿裡有沒有登記。他只能見到一位賴唐諾，那就是柯賴二氏私家偵探社的賴唐諾。所以孔先生叫我無論如何要告訴她，有一個私家偵探在盯她的梢。

「我對他說，我一定馬上去找連愛玲，告訴她這件事。我又問他知不知道那個姓賴為什麼要問三問四，他說不知道，只知道他假裝一個作家，但他在查什麼是一定的。他說你在兜著圈子問，但是打一開頭，他就完全知道了。」

「有意思。」我說。

「不是嗎？」

「你說有一封專送給我的信，帶來了嗎？」我問。

她打開皮包，拿出一封信。我前後看一下，拿出懷刀，沿了信封口的一側插進去，把信紙拿出來。信是男人寫的筆跡。信尾署名是童達利。內容如下：

親愛的賴先生：

你好，大凱子。

據我知道童海絲在請你幫忙想拿回五萬元。我告訴你，她根本沒錢。錢是我給她的，我已經拿回來了。她現在一毛錢也沒有了。活該！你想自她那裡拿到錢，希望你收現。

你是做生意的，別讓她像欺騙我一樣來騙你。

我猜她會說她在教堂裡對我說過「願意」。別傻了，那是在汽車後座上。她和我兩個都和教堂扯不上關係。她一生用過的每一毛錢，都是我給她的。

她假如告訴過你，她自遺贈得來一些錢，那更是胡謅。不過我的確曾衷心地想給她一筆錢來養老，如此而已。

假如你笨到認為先辦事後收款也有希望的話，那麼你試試看。我知道她把車子押了些現款，那吃不了多久的。

大凱子，再見了。

我把信也給愛茜看。她看得連眼睛都睜大了。「唐諾，這些事，他怎麼會知道的？」

我說：「他可能在警察總局裝了一個潛望鏡，而且帶竊聽的。再不然他認識什麼肯傳話的記者，當然也可能海絲有一個無話不談的好友，出賣了她。」

「真有意思。」她說。

我點點頭。「無論如何，這傢伙做事快得很。」

「寫這封信有什麼目的呢？」她問。

「想叫我知道裡面沒有錢，叫我放棄這件案子。」我說。

「但是，唐諾，假如他們不是正式結婚的，你就更難插手了，你找到他，他說你去跳湖好了，沒你的事。」

我說：「我的使命是找到他，找到他之後，一切由海絲自己接手。你記得嗎，她手裡握有他的什麼把柄。」

愛茜研究了一下，她說：「唐諾，你知道我現在在想什麼嗎？」

「什麼？」我問。

「我覺得童海絲和童達利根本是同謀的。」

「他幫忙偷得了運鈔車的鈔票——唐諾，他們要你也混進這裡面去，然後要你做替死鬼。」

「有可能。」我說。

「唐諾，一定是的。信一定是在海絲一離開我們辦公室，馬上就寫的。」

「有可能。」我說。

「唐諾，你要知道，他們是故意來找你的，他們反正要找一個人來做替死鬼。」

「但是，假如真是如此，我們也沒辦法呀！」我說。

「總得要想個辦法。」她說。

「賴太太，你留在這裡別擔心。」我說：「你把床整好，你看住電話。有電話來你就接聽。你就說你是愛玲的室友，愛玲會不斷打電話進來聯絡，你可給她傳遞消息。」

「我要留這裡多久？」

「留到我回來接替你。」我說：「你先打電話回辦公室，說你頭痛先走了。對接線生說就可以了，千萬別讓她接通給白莎了。

「我相信這家公寓每個單位都可以要自己的車庫的。我要下去看一下，愛玲車庫裡有些什麼東西。你掏掏這個廢紙簍，看看裡面有沒有什麼可以做線索的。我看不見得會有，但是掏一下不會錯。」

我向門口走去。

愛茜猶豫不決地站在那裡看我。

「怎麼啦？」我問：「怕了？」

「倒也不是的。」她說：「只是覺得人生很奇怪的，從一個度蜜月的新娘，一下淪為撿破爛的婆娘。」

「人生就是如此。」我說：「不能預料下一步做什麼。你要是再怨的話，想想我有多怨吧，我該是新郎的！」

第四章　出現謀殺案

車庫門上有一把掛鎖鎖著。賈太太不太願意地把鑰匙給我，一再要我小心，這是她僅存唯一的一把鑰匙了。前一位房客把另一把鑰匙帶走了。她把公寓鑰匙歸回了，但是車庫鑰匙帶走了。

我向賈太太保證，我會小心保管，而且用我自己的錢去配一把，儘快把這把早日歸回給她。

我把車子開到車庫門口，用鑰匙開掛鎖，把搭扣板扳開，把門打開。室內唯一通風的地方是天花板下，一角牆上的一扇小羽板窗。車庫裡又暗又霉濕。

我把燈打開。

這裡有以往很多住客所拋下的垃圾：一個汽車舊輪胎，一支千金頂柄，一頂老式草帽，幾個潤滑油空罐，兩件沾了油的外套、破地毯。但是有一個全新大衣箱，在房間的正中央。

我小心地觀察，箱子是標準大小，製作精巧，安全上了鎖的。

我仔細又對整件事情研究了一下。這個箱子被放在房間的正中央，任誰進來，絕不可能不加注意到的。連愛玲曾經給經理一張便條，她說她要離開了，房租是付到月底的，但是她可以現在就把房子租給別人。她把房間鑰匙放在便條中還給了經理，但是卻把車庫鑰匙帶走了。

當然，非常明顯的，愛玲是想把鑰匙交給一位朋友，請朋友來把這個箱子搬給她，或是託運給她的。她多半已經把鑰匙交給了要來取箱子的人，所以才把箱子放在車庫最正中的位置，如此來人絕對不會有機會弄錯。

我離開車庫，跳進公司車，把車開到街上，停在我看到的第一個像樣的五金店門口。

我買了一把店裡最好的掛鎖。店主保證這不是一般小偷有鑰匙就開得了的。這把鎖有兩枚鑰匙。

我快快回到車庫，打開舊掛鎖，看清楚箱子還在車庫裡，我把新的鎖掛上，鎖上。再開車去一條街外，打電話找賈太太。

我聽到賈太太聲音後，我說：「賈太太，我是賴先生。我有一些很重要的文件想要放在車庫裡。我覺得前一位房客有一支車庫鑰匙沒有還你，這件事，不太妥善。所以我決定換一把新鎖鎖車庫門。我會把多出的一支鑰匙交你保管的。」

「喔！你想得很周到，賴先生。」她說：「我已經打電話給女傭人了，她答允傍晚前會來這裡把你們公寓清理好的。」

「這倒沒有什麼關係了。」我說：「我太太會把重要地方先清一清。我等一下回來和你見面。」

「你今天會回來住吧？」

「我可能一定得去舊金山。」我說：「我現在在等一個電話，不過我會告訴你的，我太太會在樓上的。」

我找了幾家賣行李的店，買了一個和車庫裡見到那個完全一樣的箱子。我帶了箱子回到我自己住的公寓，把裡面裝滿了我自己的衣服。

我自己給自己寫了一封信，收件人名字是葛平古。信的內容如下：

親愛的葛先生：

抱歉未能在拉斯維加斯和你碰面。我又不能去洛杉磯，但是我決定去舊金山，到你住的金門橋大旅社去看你。

只要我們見了面，公正地分配那筆錢，是不成問題的。

我在信的結尾簽上了「LNM」。把信放在箱子裡，一件運動衫的口袋裡。

我把箱子關上。收拾了一個小行李和手提袋，裝了足夠我自己旅行一個星期的物件。我開車回到涼風山莊公寓旅社，帶了小旅行箱和手提袋上電梯。

卜愛茜已經把廢紙簍裡的廢紙都過濾過了。有幾張捏皺了的紙，已鋪平在桌上了。

「有什麼發現嗎？」我問道。

「這些紙上記著些電話號碼。」愛茜道：「其中有一個電話號碼我相信是舊金山的。」

「很好。」我說。

我把這些電話號碼記入筆記本。「還有什麼發現沒有？」

「用過的化妝品、口紅殼子、日光浴用品，」她說：「再也沒有特別的了。」

「好吧，」我說，「經理已經把女傭弄回來，你可以省點力氣了。你用電話叫輛計程車，回你公寓收拾點你要的東西，準備兩、三天用的就夠了。不過要快去快回，立即回這裡來。」

她想說什麼，改變了主意，走向壁櫃，把大衣穿上。

「把鑰匙留給我。」我說：「你出去的時候把門關上好了。」

「我回來的時候怎麼辦？」她問。

「萬一我不在這裡，我會把鑰匙留在樓下櫃檯。」我告訴她。

我匆匆下樓，把車開上車庫的車道，我打開我新換上去的掛鎖，走進車庫，把本來在車庫正當中地上放著的衣箱，移到車庫比較暗不受注意的一角。我把自己車子後退，一半進入車庫，把後車箱打開，拖出新買來的衣箱，把它放在原來相同那一個衣箱的位置——車庫的正中央地上。於是我把車開出車庫，用新的掛鎖把車庫門鎖上，把車開到近處的路邊停好，回去公寓旅社。

「好了，愛茜，」我說，「計程車一來，你就可以走了。」

「我還要去一次超市，弄一點吃的回來。」她說。

「當然，」我告訴她，「要有咖啡、牛奶、糖、蛋、鹽、麵包、火腿——一件也不能少。經理滿精的，有可能會來看看你在搞什麼。叫計程車的司機把你東西送進電梯好了。假如我在這裡，我會幫你搬的。否則，你就只好多辛苦了。」

「假如你不在，你要和我聯絡，告訴我你去哪裡好嗎？」

我把電話號碼記下道：「當然，我一定會和你聯絡的，你可以走了。」

經理打電話來說計程車到了。

「好吧，嫁雞隨雞，我就聽你命令。憑良心說，我從來也沒有想到過，嫁給你會變成這個樣子。唐諾，我會儘快回來的。」

愛茜走了，我就坐在那裡希望電話會響。我也知道，萬一電話響，我只好看著它響。假如一個男人聲音去接電話，不把獵物嚇跑才怪。相反的，如果沒有人去接電話，過一陣子，他還是會再打來的。唯一困難的是經理會知道現在我在家，不接電話會怪怪的。

我拉了一把椅子，靠窗坐下，把腳擱在另外一把椅子上，像剛才那樣東想西想，想不出一個名堂來。

電話鈴真響了。我讓它去響。對我來說，好久、好久之後，鈴聲才停下來。

我站起來，在房間中踱著方步。後悔不該把愛茜放走。但是，一切都太晚，沒有檢討的必要了。

二十分鐘後，電話鈴又響了，這次響著、響著、響個不停。我最後決定走過去，拿起電話說：「找哪位？」

「老天！你哪裡去了？」賈太太的聲音說：「我知道你在上面。我——」

「我不方便立即來聽，」我說：「有什麼事嗎？」

「有一個男人在這裡，想要進車庫。」她說：「他受託來拿一個箱子。」

「有書面證明嗎？」我問。

「他帶了車庫鑰匙來，我是指本來那個鎖的鑰匙。是連愛玲給他的。他開門時發現鎖被換掉了，你告訴我你要換鎖，你大概已經換了，我還沒有鑰匙。」

我說：「我馬上下來，我來放他進去好了。」

「我可以上來拿鑰匙。我只是問一下——」

「不必了，我下來給他開門好了。他想拿走什麼東西？」

「看來好像以前的房客連小姐，在臨走前留了個箱子在車庫裡，她叫他來拿的。沒別的事。」

「喔，假如只有那個箱子，那就勞駕你上來拿鑰匙，我會在電梯口等你，把鑰匙交給你。你可以放他進去。」

我走去電梯口，等賈太太乘電梯上來。

「真不好意思，」我說：「我應該一換鎖，立即給你鑰匙的。」

「那倒是真的。」她說：「亂忙一陣，無聊得很。」

「對不起，我不好，賈太太。」

我把掛鎖的鑰匙給了她。

她自電梯下樓。

我急忙自樓梯下去，站在見得到櫃檯的地方。站在那裡和女經理說話的人，正是童海絲給我照片上的人。他看來十分緊張。

賈太太伴了他一起去車庫，替他把掛鎖開了。

我溜進大廳，把公寓房間鑰匙放進留言格子去，快速出來，坐進公司車，發動引擎，開始等候。

賈太太帶了那個人替他把車庫門打開。他謝了她，跨進車庫，環顧一下，走回街道，坐進一部大房車，把車倒進車道，車尾才進車庫，就把車停了下來。於是他下車，把車子行李箱打開，把我故意留在房間正中，歡迎他來拿走的我自己的衣箱，搬進他車後的行李箱。行李箱蓋不能完全蓋上，他用就地找的繩子紮了一下，使它不致彈開來。他把車開出車道，開上馬路，我把車接近，目的看一下車子的牌號——是NYB二四一。

於是我把車距加大，遠遠地看著他，等他走上車輛很多的道路，不再注意後面來車的時候，我又接近他一點，一路跟著他。

他開到聯合火車站，等候黃帽子給他拿下衣箱，然後找了一個停車位，把車停妥。我也把車停妥，跟他進車站，看他買了一張「豪華號」臥車票去舊金山，他回到車站門口，找到黃帽子，叫黃帽子把行李箱推到隨身行李託運處，把衣箱交進去。

我開車回涼風山莊，用鑰匙開了掛鎖，開了車庫門，把車子全退進車庫，把被我移到車庫較暗一角的那個衣箱裝在公司車後面，我從容把車開到車站，買一張「豪華號」臥車票去舊金山。我把衣箱當隨身行李交進託運處。

我把公司車停在車站停車場，我打電話回公寓。

卜愛茜接聽的電話，她聲音小，好像在害怕。

「有什麼新消息？」我問。

「喔！唐諾。」她說：「你電話來得正好，我有點怕了。」

「怎麼啦？」

「有人來電話。他根本不問，也不在乎我是什麼人。他只是說『告訴達利，一萬元給我的最後時效是明天早上，否則就走著瞧！』我試著問他是什麼人，他就把電話掛了。」

我說：「愛茜，一點都不必怕，你做得很好。你就待在裡面，什麼人也對你沒有辦法。聽電話的時候，千萬不要說自己是連愛玲，只說你可以給連愛玲傳遞消息。萬一，真正被別人盤問時，你就說你是連愛玲遷走之後住進去的房客，但是你相信連愛玲一定會回來看看有沒有信在她走之後寄來的，你當然應該幫她轉信。假如他們問你姓名，你裝作他們要吃你豆腐，告訴他們你的姓名和他們無關，千萬別說你就是連愛玲，也別說你和她認識。你要的是線索，但是攤牌時只說你是新房客。萬一有人不好應付，告訴他們去和經理賈太太談。」

「唐諾，你今天回來嗎？」她問。

「抱歉，」我說，「我暫時不能回來。」

「多久不回來？」

「整夜。」

「唐諾！」

「你要我回來……整夜？」

「不！不是這意思。但……我不要一個人在這裡。」

「很多結了婚的太太長夜獨守的。」

「這算什麼蜜月嘛！」她說著把電話掛掉。

我找了一家雜貨店，買了一個輕便的尼龍袋，買了刮鬍髭用品、牙膏、毛巾，然後到奧利佛街吃一頓好的墨西哥餐。我散步回車站，登上「豪華號」，儘量不經過餐車和交誼廳，為的是不要給人留下印象，我直接進我自己的臥車車廂，開始上床睡覺。

因為相同理由，我早上也沒有去餐車吃早餐。車抵舊金山時，我儘量不使別人注意我。我帶了我輕便的過夜袋，遠遠避開黃帽子正在分行李的行李車廂。

我乘計程車來到金門橋大旅社，用我自己真名登記。我對接待員說：「有一位葛平古先生會來這裡和我相會，他現在還沒有到，不過我要他住在我的附近。我先替他登記，我也替他付房租，請你給我兩個相連的房間，你可以把他的鑰匙也先給我。葛先生到達的時候，我來交給他好了。我第一天的兩間房付你現鈔。以後假如決定住下去，用我們記賬卡好了。」

我把皮包拿出來。

接待員笑容滿面。

他給了我兩個相鄰的房間。

我找租車公司租了輛客貨兩用小車子，開車到火車行李暫存處，隨車行李客人沒有當場取走的都存在這裡。我拿出行李存根，取回了那個衣箱。

這是一個裝東西裝得相當重的箱子，我總覺得它的平衡很怪，所有重心似乎都在衣箱的底部。

我把客貨車開回旅社，把衣箱卸下來，把車停在旅社停車場，回到旅社門口，把那衣箱帶上去，放在我用葛平古名義租的房間裡。葛平古是個我造出來的好名字。我很滿意，老老實實，有古風。

我用電話找到僕役頭。我說：「抱歉，我碰到了一個很尷尬的問題，我把我衣箱鑰匙拿錯了，我現在打不開我的衣箱。」

他說：「我們這裡備有一大串各種鑰匙，只要不是太特別的，也許我們可以幫你忙，我差一個僕役上來試試看。」

我等了五分鐘，上來一個僕役，帶來好幾串，幾百把不同的鑰匙。

三十秒鐘後，他選了一個合適的鑰匙，把鎖打開了。

他含笑地拿了我給他的兩元小帳，他說：「這種簡單的鎖，只要是大小正好可以插進去的鑰匙，都可以開得開。」

他走後我把衣箱打開。

裝滿到箱子頂的是毛毯。在箱底裡，用毯子塞住四周，免得它搖晃的，是一些簿冊和卡紙，上面記的都是看不懂，像是古猶太神秘文字或記號。

我坐在地上看這些簿冊和卡片。我一點也看不懂，但是上面記的一定是大筆錢進出的賬。沒有名字，沒有說明，只有神秘的符號，右側則是數字20—50—1C—2C—5C—7C—2G—1G。

C一定是代表一百，G一定是代表一千，我就用這個做一個開始。

我再看這些卡片，每張卡片頂端都有一個號碼，然後是符號。

我隨便拿一張出來，上面的號碼是0051364。

號碼下面是，4—5—59—10—1‧8—5—59—4—1＋

我研究了好幾張卡片，上面一行的號碼多半後面有364。下面一行的符號，多半是數字用「減」號相間隔。符號的最終有時是「加」號，有時是「減」號。

我把衣箱裡每一件東西都拖出來，再來檢查這個箱子。於是，我發現了箱底另有夾層。夾層做得極好，假如我沒有把箱子翻過來，敲了又敲，可能始終也不會發現。

夾層是用隱藏的螺絲釘固定一塊木板製成的，我把這些隱藏得幾乎看不到的螺絲釘除下來後，木板就很容易拿下來了。蓋覆在夾層木板上的襯裡，和箱子其他部位的襯裡，用的是同一種顏色的布料。

夾層中鋪滿了千元大鈔。

我數了一下，一共是五十二張千元大鈔。我又數了一次，看有沒有數錯。我拿出五十張，小心地把餘下的兩張放回夾層裡去，把木板蓋回去，仔細地把螺絲釘一個個轉回老地方。

我小心地把毛毯放回衣箱去。我用一塊手帕仔細把我碰過的地方擦拭，使衣箱裡面不留任何指印。

我下樓來到櫃臺。「我是賴先生，」我說，「我一定要遷出了，我的房租已經付過了。」

她抬頭看我，她說：「但是賴先生，你才住進來呀！」

「我知道，我抱歉。我現在改變主意了。」

她蹙起眉頭道：「你要退錢嗎？」

「老天！你怎麼會這樣想。房間我已經用過，我不要退錢，我只是要告訴你一下。」

她給了我一張收據，對我笑一笑。

「好吧，你要遷出了。抱歉你不能多留一點時候。」

「我也是，不過以後我還是會來的。」

我走到留言台。我把葛平古房間鑰匙拿出來給他們看，我問道：「有給葛平古的信息嗎？」

「葛先生，沒有。」

我蹙眉道：「請你再查一查。」

他們又查了一次，沒有。

這倒給我很大的意外了。照道理，到了這時候，找葛平古的電話，應該是熱門到電話線也燒熔了。

我回到衣箱旁，把衣箱裡的簿冊和卡片全拿出來。把它們放進一個硬板紙箱，用限時快遞送回洛杉磯我自己收，然後開車去日山照相館。

我跨進去，這是家日本人開的店，經理出來招呼我，巴結地不知鞠多少躬。

「我想要買個好的二手貨相機，」我說，「我還要一盒厚料的五乘七吋放大紙。」

他先把放大紙交給我。

他去拿相機的時候，我把放大紙紙盒打開。我抽出大概十五張放大紙，拋地上，踢進櫃檯底下去，然後把五十張千元大鈔塞進紙堆去，和其餘的放大紙疊在一起。

招呼我的人明顯是經理。另外有一個老一點的日本人，一直好奇地在看著我，但是，正好進來了一個時髦的女人，把他的注意力和時間都吸引到另一側的新相機櫃檯。

我自眼角看了那女人一下。我全部的注意力集中在經理身上，經理忙進忙出在幫我選一台合意的二手貨相機。

我拿起一台他交給我看的，「這一台有匣子嗎？」我問。

他鞠躬，微笑，又走回去拿匣子。

我仔細看裝入了五萬元的放大紙堆，相當合適。我用包放大紙的黑紙包放回大紙。把包了黑紙的放大紙和鈔票塞回外面的紙盒去。

經理出來的時候，我討價還價地消磨了一下時間，然後說：「好吧，我要了。不過這兩件東西我要你們立即送貨。」

「送貨？」

「是的，送貨。」

「送哪裡？」

我掏出我的名片，給了他一張。我說：「我要這，用航空郵包，立即寄到我在洛杉磯的辦公室去。我要你們有人乘計程車，立即專程送到郵局去，包裹上還要不能忘了貼航空限時。」

我拿出皮夾，開始數鈔票。

「是的，是的。」他說：「馬上照辦。」

「你會派個專人送去機場郵局？」

「沒問題，」他說，「我會叫計程車，馬上辦。」

「要包得好一點，」我說，「用些東西填一下，千萬別在寄的時候撞壞了。」

「喔，是的，是的，一定的。」

「我說過是立即請你辦的，我希望黃昏的時候相機已經到我辦公室了。不怕花錢，你知道嗎？」

「放心，一定。我立即派人專程送去機場。」

他用日本話，向另一側在招呼那女人的日本人講話。

那男人也用日本話回答他，連看也沒有向這邊看一下。

我向那一側櫃檯看去，那女的背對著我，正在看一架相機。在招呼她的較年長日本人對有人打擾似乎不太高興。

「謝了，」我說，「你做事牢靠，我更放心了。我不是囉嗦，只是這件事重要了一點。」

我拿了收據，走出去。

女人還在看相機。我想看一下她的臉，她專心在看手上的一台相機，根本沒注意我的存在，自然不會抬起頭來。自後面看來，她時髦的衣著下，曲線一定更為美麗。

我找了個電話亭，打電話找在那公寓裡的卜愛茜。

「嗨，新娘子！」我說：「蜜月初夜怎麼樣？」

「唐諾，」她說，「你要不立即回來，我怎麼說也要溜了。我怕得要命——」

「出什麼事了？」

「夜裡電話響了兩次。」她說：「我拿起話機，還沒有開口，對方就說道：『告訴達利，他的時間只到明天早上的十點鐘。』兩次都這樣講，兩次都在我要開口說話前，對方就掛斷了。」

我說：「好了，愛茜，你去告訴賈太太，就說我自紐約打長途電話找你，說是要你到紐約來和我住一起。告訴賈太太違約的是我們，已付的房租不要了。你叫輛計程車，把自己行李都搬走，你回辦公室上班，就說你病了，別去和白莎搭訕。」

「喔，唐諾，我還在希望你能回來——我昨夜沒有闔眼……告訴我，你還好嗎？」

「當然。」我說。「沒有什麼不好的，至少現在還沒有。愛茜，記得嗎，今天中午丘貴珍會打電話來，沒有耳朵的丘，丘八的丘。」

「是的，」她說，「我要怎麼回答她？」

「聽好了，」我說，「相當費唇舌的。你告訴她，要她開自己車子今天下午三點鐘到飛機場去。告訴她要看準了，不要被別人跟蹤了。

「告訴她，我三點十分乘聯合航空班機回來，叫她先查對一下飛機是不是準時到。叫她把車子停在三分鐘停車區，叫她把後車箱蓋打開，可以拖延一點時間。三點二十五分左右，我會出來找計程車，有了計程車，我會拿出記事本假裝找地址耽擱一下時間，這樣她可以有準備，並且看清楚我是在哪一部車子裡。叫她跟蹤我乘的計程車。

「不論我乘的計程車去哪裡、幹什麼，叫她跟定我的計程車。她不必怕人知道她在跟蹤，只要跟就可以了。這就是你要告訴她，要她知道，要她照做的一切。你都懂了嗎？」

「我懂了。」她說。

「乖孩子。」我說，把電話掛上。

我開車到舊金山機場，把我租的車子還掉，乘上聯航班機，飛抵洛杉磯，準時下機。

三點二十五分，我步上二樓餐廳，走向陽台，四下看一下，像是要知道自己目前的位置。走到旅客計程車出口，坐進去，拿出記事本來翻了又翻，裝著找要去的地址。

過了一下，司機說：「這樣吧！我開車進城，你慢慢找地址告訴我好了。」

「可以，」我說，「我大致知道在哪裡，只是記不起街名和門牌。向前點，你照我說的走好了。」

「沒問題。」

計程車開進車陣，我把自己向後一靠，我不向後望。車子進入高速道路，視界較寬後，我看向前，看到有一條交叉路，我對駕駛說：「前面那條路向右拐。」

「前面哪一條？」

「是的，前面那一條。」

計程車司機說：「好的。」把車子駛向右線，右轉彎。

車子右轉後，我四方看一下。

童海絲開了一輛雪亮刺目的跑車，跟在我們後面。

我讓計程車一直開，開了很久，確定沒有別的車子在跟蹤我們後，我說：「不對，我看不是這條路，請你轉回去。我想可能是要在再前面的一條街右拐。」

計程車迴轉。

童海絲的車子迴轉，又跟在我們後面。「嗨！老兄，」計程車司機向我說，「我發現你有一根尾巴。」

「怎麼會？」我問。

「我怎麼知道！」他說：「自從我們離開機場，她就一直在我們後面。」

「請你把車靠邊，」我說，「我來看一下。」

「千萬別動粗噢。」他警告我。

「當然，」我說，「只是看一下為什麼。如此而已。」

計程車靠邊，停下。

我走出去，童海絲也把車停下，我問她：「有沒有人跟蹤你？」

「據我看，沒有。」

「ＯＫ，在這裡等。」

我走回計程車道：「真是巧，我沒認出她，她是我來拜訪的一個女人的朋友。她在機場見我認不出她很生氣，她故意讓我多花一點計程車費，之後再開過來按喇叭，由她帶我去見我女朋友。錶上說車錢多少？」

「錶上說兩元一角。」他說。

我給他一張五元鈔票，我說：「不要找了，老兄，多謝了。」

他看向我，露出不少牙齒，他說：「我本來想告訴你，你告訴我的只能去騙鬼。現在我要告訴你，你根本不必告訴我任何故事的。」

他把車開走。

我拿了輕便的旅行袋，走回海絲的車子。我說：「好了，我們等計程車跑遠點，再迴轉一直走。」

我坐進她的車去。

這種跑車設計時就給開車人的腿有更多的活動空間。海絲的腿和尼龍絲襪大半露在外面。兩者都很好看。

她裝個樣子，做作一下把裙子拉下一點點。她神經地笑道：「沒有用，唐諾，這渾蛋車子要麼不要開，要開就會請別人吃冰淇淋。」

「合我胃口。」我說。

「我看也是的，」她說，「前面的計程車夠遠了嗎？」

「再等一下，讓他進了快車道上，忙不過來看我們又迴轉了。他會以為我們跟在他後面慢慢跑，萬一有人問他時，他會這樣想。」

「老天！你真多心。」

「有的時候值錢的。」我告訴她：「好了，現在迴轉向東跑。」

她把車迴轉，「你到底知不知道這條路通哪裡？」

「多半會穿到英格塢去，」我說，「走了再說。」

我們沿了路走，最後見到了房子，而後有了較密的房子，前面一條橫路，過了橫路有更多的房子。我說：「前面橫路轉彎，我來注意後面情況。」

過了一下，我又說：「有沒有什麼地方我們可以坐下來談幾分鐘？」

「我的公寓，如何？」她說。

「別傻了。」我告訴她：「他們看住你公寓緊得像裹粽子一樣。」

「唐諾，我認為沒有那麼嚴重。」

「何以見得？」

「因為我有進進出出，根本沒有人注意我在幹什麼。我也開這車東跑西跑，我絕對肯定沒有人在跟蹤我。」

「怎麼確定的？」

「就像你做的一樣。我走上街，東兜西兜，回頭看有什麼車在後面。」

「你有沒有故意闖個紅燈，看有沒有車跟你過來？」

「沒有，我故意希望他們跟上來，我準備給他們活捉。」

「無論如何你公寓絕對不是好地方。除了你公寓，我們可以去什麼地方談話？」

「你的公寓如何？」

「可能也會有人監視。」

她說：「我有一個好朋友。我可以打電話給她，她可以讓我用她的公寓。」

「好吧，我們先去找電話。」

我們找了一個公用電話，她去打電話。回來的時候，她說：「好了，我朋友說她會出去，門不關，讓我們用她公寓一小時半，我們應該足夠了。」

「是的，」我說：「地點在哪裡？」

「不遠，」她說，「十分鐘可以到。我的朋友以為我跟什麼有婦之夫在約會，她好奇死了。」

我不斷把頭扭來扭去，看後面有沒有車子在跟蹤。

「怎麼樣？」她問。

「什麼事怎麼樣？」我說。

「我是不是和一個有婦之夫在約會？」

「我怎麼知道？」

「好，我來主動發問好了。唐諾，你有太太嗎？」

「沒有，怎麼啦？」

「沒什麼。」

「但是你是有夫之婦。」我說。

她想說什麼，最後卻沒有出聲。

我們到了她朋友的住處，把車停好，乘電梯到四樓，童海絲熟門熟路走過去把公寓門打開。

是一間真正要花大錢的公寓房子。

我等候童海絲，要讓她先坐下。

她選了長沙發，所以我走過去，坐在她邊上。「好了，」我說，「現在開始，打開天窗，說亮話。」

「有關什麼？」

「有關那筆錢。」

「但是，有關錢的事，我都告訴過你了。」

「別傻了，」我說，「我要知道的是實情。否則我不會肯把自己伸出去任人宰割的。」

「但是，這些在昨天都談過的了。」

「沒有，我們沒有都談過。」我說：「你昨天給我亂耍了一通，什麼伯父不伯父的，我現在要真正的真實情況。」

「為什麼，唐諾。你是不是知道錢去哪裡了？」

「我認為我可以把它替你弄回來。」

她上身前傾，雙目發光，雙唇分開。「全部嗎？」

「五萬。」

「唐諾，」她說：「你真棒……了不起。」

她看著我，把下頷上翹，等我去吻她。我把目光集中在窗外風景，只是坐在那裡，不吭聲。

「唐諾，」她說：「我對你有種奇怪的感覺。」

「那很好，」我說，「目前你在拖延時間，可以找一個好的故事。看來你只會用美色來拖時間，我還以為你很聰明，從昨天到今天應該已經想好應付我的故事了。」

「其實我已經有了。」她說，一面大笑起來。

「那麼就說出來聽聽吧。」

「錢是達利給我的。」

「為什麼給你？」

「要打破砂鍋嗎？」

「為五萬元，當然要。」

「達利是個賭徒，大賭徒。他老感到自己會被幹掉，或是被搶。」

「說下去。」

「他在銀行裡留些錢，但是他希望手邊隨時有一筆現鈔。」

「又如何？」

「所以，他不斷的有時給我千元大鈔。他說這是給我的，所以有一天假如他破產了，沒有人會說錢是達利的。但是，假如我肯支援他的話，他仍可動用。」

「天真！」我說：「別人仍舊可以說錢是他的，然後——」

「不會，唐諾。」她說：「每次他給我錢，他會拿我修指甲小剪刀，在千元大鈔角上剪下極小一角來……最後，我積到了五十張……而他一下把我拿走了……我相信這些錢現在在跟他一起的淫婦身上。」

「他不是做了記號才給你，目的是——」

門上響起重重的敲門聲。

「最好看一下，是什麼人。」我說。

她做了一個無奈的姿態：「一定是推銷東西的，也許是來看我朋友的。你等一下。」

她站起來，把裙子拉拉整齊，用她典型的長腿妙姿走向門口，把門打開。宓善樓警官把她向旁邊一撥，自己大步走進未，把門自身後用腳跟踢上。童海絲幾乎因為他的一撥失去平衡。

「哈囉，小不點。」善樓向我打招呼。

「好傢伙！這算什麼？」童海絲生氣地說：「你竟敢用這樣粗暴手段強入民宅，你——」

善樓說：「你們兩個少給我來這一套。」

「你才少來這一套，」童海絲說，「你——」

我打斷她說：「海絲，你有沒有認識的好律師？」

「怎麼啦？有呀。」她說。

「給他打個電話，告訴他，請他立即到這裡來。」我說。

善樓說：「這對你們兩個人不會有一點好處的。唐諾，我警告過你，我要拿你開刀。而且，這一次絕對不浪費一點點麻醉藥，我不用麻醉就給你小子開刀！」

「快打電話給律師，」我對海絲說，「快打！」

善樓向一張椅子坐下，把二郎腿架起，向口袋拿出一支雪茄，把雪茄尾端用牙齒咬下來，吐在一個菸灰缸裡。他把一支粗大的老式火柴點著。

童海絲移向電話。善樓一把抓住她，把她轉了一個身。

「她是準備給她的律師打電話，」我說，「每個公民都有這個權利的。你限制她，看你會有什麼報應。」

「不准你亂碰我身體！」海絲說。

善樓猶豫一下，把手放下，「好吧！你去叫你的律師，過一會兒我給你們兩位看些東西。」

善樓把雪茄點上。童海絲低聲在電話裡說明白了，把電話掛上。善樓把雪茄自口中拿下，拿在手裡，看著童海絲走回她原來坐著的長沙發。

「小妹子，」善樓對她說，「這下你真的自己弄到吃不完兜著走了。」

「你有什麼罪名可以加在我身上嗎？」她問。

「目前可以想起來的，」善樓說，「有刑事共犯和收受贓款。進一步也許可以說你企圖勒索和事後共犯，也許到時會再想起一些什麼也說不定。」

善樓轉向我，眼睛恨得在冒火，他說：「你，說謊話的渾蛋！」

「什麼叫說謊話？」我問。

「我警告過你，這件事叫你不要插手。」他說。

「你警告我？」我說：「你又不是立法的，你又不是獨裁的，我沒有欺騙你。我根本沒有答允你我不插手，我是在做正經的合法生意。」

「自說自話！」

「老實話。」

善樓說：「你們兩位假如已經用完電話了，我也想打一個電話。我也應該告訴局裡我在哪裡了。」

他走到電話邊上，撥總局，說道：「這是宓警官，我現在在——」他停下來看看電話機上的電話號碼，又說「ＨＴ七——四一〇三。這裡是個公寓，我還不知道是什麼名字租的。我和童海絲、賴唐諾在一起，我想運鈔車失金案可以解決了。有什麼事，打這電話找我好了。」

善樓把電話掛上，走到長沙發前，找個椅子坐我對面，要開始來轟炸我，但是他先怪樣地看著我，有如我是外星人一樣。

「想起白莎，我真不願這樣對你。」他說：「白莎人不錯。貪婪，但是正直——她對警察老老實實。

「你不同，你騙人，你一直如此。你左右開弓，兩面逢源。直到現在，你總是以無辜姿態出現。這一次不同，有你瞧的了。」

我經過他，看向海絲，「電話打通了嗎？」

「通了。」

「他要不要來？」
「要來。」
「是不是一個好律師？」
「最好的。」
「要多久才能到？」
「他說馬上到。」
「要多久？」
「十分鐘，他就住在附近。」
「拜託你一件事，」我說：「律師到達之前，什麼話也不要講，什麼問題也不要回答，連『是』或『不是』也不可以說。」
善樓說：「沒有什麼出入的，賴唐諾。你不知道我知道了些什麼。」
「你知道些什麼？」我問。
善樓自口袋拿出一本記事本，他說：「龔海絲，別名童海絲。是童達利的公開同居人，達利有前科。」
「有前科！」海絲大叫道。
「別假裝你不知道，」善樓說，「他非但被判決過，而且他是一個犯罪的頭。

他在兩個聯邦監獄服過刑，他現在是在假釋期中，我們隨時可以取消他的假釋收他回去的。

「目前我尚沒有辦法證明童達利是蒯漢伯的同伴，但是，他們同時在利文僕司服過刑，彼此認識是沒問題的。所以蒯和童兩個人計劃好怎麼樣自運鈔車弄一百張千元大鈔玩玩。鈔票得手，兩個人一分，分道揚鑣——」

電話鈴響。

善樓蹙起眉頭，看向電話，他說：「我來接好了，多半是我的，省得麻煩你了。」

他走向電話，拿起話機，隨便地說：「哈囉。」然後把自己靜下來，慢慢地說：「我就是，你說吧。」

足足有一分鐘，對方在不斷地說話。警官把兩條眉毛蹙在一起，起先不相信的樣子，然後把雪茄自口中用右手拿下來，好像可以幫助他聽清楚些似的。他說：「你說真的？再說一次。」

善樓把雪茄放在桌沿上，再把記事本拿出來，一面記錄電話中傳過來的事，「再說一次，」他說，「我要記下名字來。」

「ＯＫ，」他說，「童海絲和賴唐諾就在我身邊，我會把他們帶回來。我回來再處理，等我回來。暫時封鎖消息，我要自己來處理所有一切。聽到了嗎？」

他把話機掛上。突然，他掏出手槍，指向我。「你給我站起來！」他說。

他眼中的特別表情，我從來沒有見他對我用過。

我站起來。

「轉過去！」

我把身體轉過去。

「走到牆邊去！」

我走到牆邊去。

「面對牆壁，站後三尺，把兩腳左右分開，把手掌靠牆上去。」

我照他命令做。

善樓對海絲說：「站到牆邊去。」

「我不幹這種事情。」她說。

「可以，」善樓說，「你是一個女人，我不能抓著你幹。但是，我警告你，這是公事，玩真的。你們兩個任何一個亂動一下，我要開槍的！」

他走向長沙發。

我想看看他到底要幹什麼，但是我的手伸得很高，重心又在手上，我的姿態使我只能做有限的頭部動作。我看到裙角飛起，一條大腿在動，高跟鞋一閃，聽到金屬聲音「喀啦」一聲，女人大叫聲。童海絲說：「你——你這畜生，你敢給我戴手銬！」

「你說對了，有什麼不敢。」善樓說：「再想用傷害性很大的高跟鞋踢我，我就朝你頭上打。我有規定不能搜你身，但是沒有規定我不能拔掉你門牙！」

他向我走過來，用一隻腳頂住我的腿，他用手搜索我的全身。

「把手撐著牆，不要亂動。」他說：「否則你會受傷的。」

他把我全身每個地方都搜遍了。

「好了，」他說，「你身上沒有武器。現在，你給我把口袋裡每件東西都掏出來，全放在桌子上。」

我照他說的辦了。

「每件東西，錢、鑰匙、每件東西。」

我把每件東西放桌子上。

「把口袋翻過來。」

我把口袋襯裡翻出來。

門上有敲門聲。

善樓跳起來把自己背對牆壁。他把槍指向門的方向，他說：「進來。」門打開。一個卅幾不到四十歲的男人，笑著臉走進來。看到宓警官拿槍對著他，突然凍結在那裡，他看向所有口袋翻在外面的我，又看看坐在長沙發上，戴了手銬的童海絲。

「怎麼會有這種事？」他大叫道。

宓警官說：「我是警察。你是什麼人？」

「我叫許買臣。」他說：「我是律師。」

「她的律師？」善樓問。

「是的。」

「她倒真需要有個律師。」善樓說。過了一下，又道：「需要得要命。」

「阿買，」海絲說，「你能不能叫這個狒狒把我手上的玩意兒拿下來，再弄弄清楚，他為什麼到這裡來搗亂。」

宓善樓用槍緊一緊，「坐下來，」他對許律師說。然後他又轉向我說，「賴，你也可以坐下來，把手放在我看得到的地方。」

宓警官自己維持站的姿勢，手裡拿著槍。

許律師問道：「警官，我有權知道這是怎麼回事？」

善樓根本不理會他的問話，他向我看看，「你去了舊金山，小不點兒。」他說：「你還帶個箱子去？」

「這有罪嗎？」我問。

「謀殺難道不是罪？」

「你說什麼？」

「目前，」他說：「我在說一個叫童達利的男人，在舊金山，一家叫卡多尼亞的旅社裡，被人謀殺了。你的衣箱，在他房間的地上，打開了，裡面的衣物散得一地。」

善樓看到我的眼光中充滿了驚奇的表情。

「表演，」他說，「儘量表演。你本來就是一個聰明、小不點的大混蛋！一直就是一個金像獎表情派演員，剛才表演得不錯，你——」

因為童海絲的大叫，他不得不停下來。大叫聲又尖、又顫，像一把刀刺過房間。

善樓轉向她，「不錯。」他說：「你的表演也很好，時間也湊得很巧妙。救了唐諾，否則他一定要回答我的問題，你給了他想一想的機會。

「妹子，我乾脆告訴你！昨晚上，你在舊金山。你也住在卡多尼亞旅社，你去找連愛玲。這個女人住卡多尼亞七五一房，登記的名字是譚芭麗——真是亂七八糟！你告訴連愛玲，你不在乎童達利，她可以把他拿去。但是，你一定要拿回他從你那裡拿走的東西。要是你拿不回來，就要給他好看。

「你威脅她，你也罵了她一些不好聽的話——」童海絲開口想打斷他的話，說些什麼。

「閉嘴！」許律師警告她。

宓善樓狠狠地看向他，「我要把你趕出這地方去。」他說。

「試試看。」許律師說：「不過你既然這樣說，我倒要在自己被趕出去之前，先向我的當事人建議一下。海絲，千萬別開口，什麼也別說。他嚎你、罵你、引你、好意勸你，你都別說，連今天是幾號都別說。什麼也不承認，什麼也不否認，你只說沒有見到律師之前你不會開口的。」

「好了，」他轉向警官，「由於你那麼介意我在這個地方會壞你的事，我離開這裡好了。」

「去你的離開！」善樓說：「我看得出你突然太急於離開了，你一定是想打個電話給什麼人，事情穿幫了，搞炸了，是嗎？我要你乖乖留下來。」

「有逮捕狀逮捕我嗎？」許律師問。

善樓過來，把他推在一旁，走向門去，把門閂閂上，「我有比逮捕狀更有效的方法。」他說。

「這是用暴力強奪我法定權利。」許律師說。

「我等一下就會放你走的，」善樓說，「目前我請你留下來做個證人。」

「證人？證明什麼？」

「證明我正要自賴唐諾那裡問出線索的時候，海絲叫了。」

「那不是她叫出聲來的原因，」許律師說，「你該知道童達利是她的丈夫。一個女人知道了她先生被暴力殺害，已經一下子變成寡婦了，她有權叫出聲來。」

善樓說：「丈夫，丈夫我個頭！你也該知道一下，這位妹子叫做龔海絲，她和童達利同居後就自稱童海絲了。

「再有件事你也該知道一下，不管她自稱龔海絲也好，童海絲也好，反正她一定已經混進裝甲運鈔車那件竊案。她和一個壞蛋叫蒯漢伯的搞不清楚，童達利分到的五萬元，沒有分她一份，反倒帶了鈔票跑了，所以她不甘心了。她還以為這是夫婦兩人的共有財產呢。嘿！」

海絲深吸一口氣，又準備說什麼了。

「閉嘴！」許律師說：「你要是在我和你有機會會談之前，說出一個字來，我就不再管你這件案子。」

善樓露齒道：「哪一件案子，大律師？」

「你把她私自關在一間房子裡的案子、你誣衊她牽涉到一件刑案的案子、你私用刑具的案子、你污辱人格的案子……暫時就說這些，等一下我還會想起一點什麼罪名加到你頭上的。」

善樓有感地看向他：「你該瞭解，我會對你沒有好感的。」

「好感與壞感我都不在乎。」許律師說：「我是在保護我當事人。」

宓善樓轉身向我，他問道：「你的衣箱怎麼會在姓童的身邊的？」

許律師看向我，偷偷向我搖頭。

「我怎麼會知道！」我說。

善樓厭煩地看看拿在手裡的雪茄。他把槍放回套子，走向電話，撥了一個號碼。他說：「接柯白莎。」

他等了一下之後，向電話說道：「哈囉，白莎嗎？我是宓善樓……你的合夥人騙了我，也騙了你。」

離開電話那麼遠，我可以聽到白莎咬牙切齒的聲音。

然後是善樓說：「你最好自己過來一下，我要和你好好談談。」

白莎的喊叫聲有點像海水倒灌，相信全室的人都聽到了。她說：「過來哪裡？」

善樓把地址給了她。「我告訴你，」他說，「唐諾是你的人，他投機取巧、他使詐、他耍花樣，我還不知道他闖了多少禍。他去過舊金山，我倒不認為舊金山那個人是他殺的，但是，舊金山的警察是這樣想的。再說，他們說他拿到了一筆贓款，這一點我相信。」

善樓把電話掛上，憂心、疑慮地看著我，坐了下來。

我用撲克臉看向他。

善樓道：「假如那筆五萬元運鈔車贓款是在童達利身上，就很有趣了。假如他把五萬元藏在一個大衣箱的什麼地方，由他的情人想辦法帶去舊金山，那更是有趣中的有趣，妙不可言了。」

房間裡完全沒有聲音。

「更妙的可能還在後面，」善樓接下去道，「你這小子可能比你外表更聰明一點，鼻子也更長一點，你嗅到了一點這件事的可能性，你自己也想湊一腳，沾上點油水。告訴我，你用什麼方法和這個傢伙掉包了一個衣箱。我知道，你小子手腳很快！」

童海絲睜大了眼睛望我這邊看。

「現在的問題是，」善樓繼續說道，「假如你沒有拿到童達利的箱子，你的箱子怎麼會在童達利身邊的。還有，既然他的箱子現在不在你手上，那麼會在哪裡呢？

「小不點，我要告訴你一些事情。你去過舊金山，你乘飛機回來，這位小姐到機場專程接你。一定是你的主意，教她兜來兜去，看有沒有人在跟蹤她。」

「這一點你能證明嗎？」我問。

善樓用嘴巴熟練地把雪茄轉到另一面嘴角，然後用左手把雪茄拿下來，笑出聲音。「外行呀，外行。」他說：「你根本不知道今日警察有多進步。」

善樓走向窗口，向下望，而後做樣子叫我也過去。

「你看一下。」他說。

我看向他手指指的方向。

一輛車停在車位，車頂上漆了個反光的黃十字。

「聽到過什麼叫警用直升機嗎？」善樓道：「我們在監視這位小姐，她做的每一項行動，我都可以告訴你。我們自空中監視她，需要貼近時可以飛低一點，但大部分時間是用直升機和望遠鏡。她車上的反光十字近看是看不到的。

「我們昨天開始就給她裝了個空中尾巴，她東轉西轉的以為看清楚了沒有人在跟蹤她。她一下子去飛機場，搭了東方航空公司的噴射機到了舊金山。然後她去找連愛玲。

「從連愛玲房裡出來之後，她下樓在大廳裡等候，顯然是等童達利回來。

「她一坐坐了兩個小時，旅館職員不要她在大廳逗留。他也許認為她身邊帶了硝鏹水什麼的。最後，她走去櫃檯想借間房間住下，職員告訴她旅社客滿了。她又晃著不肯離開，職員告訴她不是住客，單身女士在十點之後是不可以在大廳逗留的。

「這又要怪舊金山警局不如我們了，他們竟被她溜掉了。

「下一次我們再盯上她，是今天一大早她乘早班機回洛杉磯來。我們又盯上她那輛車，她又做了許多虛功，看我們有沒有在跟她的車，我們在空中追蹤她回公寓。她留在公寓一直到她出動去機場接你。

「現在，龔小姐，童太太，不論你自己怎樣稱呼自己，我也不想自己給你裝上罪名。我告訴你昨天童達利在舊金山被謀殺了。我問你昨天晚上你到哪裡去過夜了？」

童海絲說：「假如我——」她突然自我控制。「無可奉告。」她說：「在我沒有和律師私下商談前，我不準備說話。」

「嘿，一個無辜的人沒有理由這樣呀。」善樓說：「你希望我們相信你和謀殺案沒有關連，但是，在沒有和你律師私下商談前，你又不準備講話。報紙上登出來，大家會怎麼想？」

「這件案子你管你自己的，」許律師說，「我們會管我們的。我們又不是在報紙上打官司，我們在法庭裡打官司。」

突然，宓警官把身體轉回向我，想說什麼，改變主意，他轉向電話，撥了一個號碼，把話筒放在嘴邊，不使我們聽到他在說什麼。我們看得到他嘴動，但是說什麼我們聽不到。

過了一會兒，宓警官說：「ＯＫ，我不掛上，你查一查告訴我。」

宓警官緊抓了話機放在耳朵上，另一隻手在電話桌上用手指彈鼓。雙眉緊蹙，一分鐘，一分鐘地等。

房間裡氣氛越來越沉重。

突然，電話彼端不斷傳出聲音，善樓更把話筒壓住耳朵。雪茄又開始在嘴上咬，一面他嗯嗯地回答以示在聽。

過了一下，他把雪茄自口中拿出來，說：「知道了。」把話機掛上。

在他臉上有種怪異的滿足感。

時間又過了兩、三分鐘。

宓警官走回電話，又用極低的聲音打電話，他說：「好，你打回來。」

他掛上電話，坐下來不吭氣又過兩、三分鐘。電話鈴響起，他拿起話機說：「哈囉……不，她不在，不過我可以給她轉話，你是哪一位，有……」

自他臉上表情很容易看出來，對方把電話掛了。

善樓做了一個厭惡的表情，把話機放回電話鞍座。

四分鐘之後，電話又響了。善樓拿起話機說：「哈囉。」

這次才真是找善樓的電話，來的顯然是他認為的好消息，只見他臉上露出笑容。「嘿！嘿！真想不到。」他說：「真是想不到。」

宓善樓掛上電話，深思地注視著我。

突然，前門發出聲響，先是有人在轉門把，而後是推門，再是門把左右在轉，然後是砰砰的敲門聲。

「什麼人？」善樓問。

柯白莎的聲音在門外。

「讓我進來。」

善樓高興了，把門閂打開，把門拉直，他說：「進來，白莎。這是我向你提起過的童海絲。我告訴你不要動她的腦筋，你的合夥人把你拖下水了，不過也好。」

「他做了什麼？」白莎問。

「先說一件。」善樓說：「你的好合夥人混進了一件謀殺案。」

「什麼人死了？」白莎問。

「那個假裝是海絲丈夫的人。」善樓說：「海絲和他住在一起沒有經過我們所謂的結婚儀式，但是倒有一般做太太的好處，每月花的錢可不少。但是她還不滿足，又和一個叫蒯漢伯的搞不清楚。蒯漢泊是一位搶劫專家，當然，也可能是兩男一女組成的集團。再不然，就是兩個男人是一起合作的。

「我目前的猜測，童達利身邊有運鈔車贓款五萬元，其他的當然想想也就知道了。當蒯漢伯受到了驚動，他用公用電話打電話給一個人，我們當時以為是打給童海絲，但是現在想來是打給童達利。

「我們一直有一個線索，調查的結果發現一位漂亮的小東西，很可能是本案另一角度的關鍵人物。我正有一批兄弟在追查這方面的事。等我得到報告時，我會知道唐諾在哪裡撿到童達利的衣箱的。」

「他的衣箱？」白莎問。

「是的，」善樓說，「你聰明的小夥伴不知怎麼弄的，把童達利的衣箱掉包騙到了手。」

柯白莎轉身，用她冷冷發光的眼睛看我。她的臉，除了漲紅成豬肝色外，沒有改變什麼表情。

「衣箱怎麼回事，唐諾？」她問我。

善樓搶先說：「白莎，昨天唐諾回到他自己公寓去過一次。他可以說是十分匆忙，他抓了一些他的衣物，塞進一個衣箱，帶了衣箱就走。有一個身材、樣子很像唐諾的人，買了火車票，豪華號夜車臥鋪去舊金山，同時也託運了一個衣箱。現在，你來想想是怎麼回事。」

「你指控他殺了人？」白莎問。

「為什麼不？」善樓說：「童達利有權得到運鈔車竊案中贓款五萬元。他先到舊金山，他先要付出些非付不可的錢，然後帶了連愛玲去什麼地方。他在卡多尼亞旅社，租了一個套房。連愛玲也在同一旅社，登記的名字是譚芭麗。童達利為什麼自己要有一個套房？一定是在等待有人來看他。他一定是有事要辦，否則他和連愛玲一間普通房就可以了。事實上，他還是預先用電報訂的套房。

「當童達利進了他的套房，他發現他拿錯了一個衣箱。本來來向他拿錢的人，覺得他的解釋太牽強了。兩個人把衣箱中每件東西都拉了出來。把襯裡都撕開，把衣服拋了一地……就在這些東西當中，躺著死掉了的童達利——顯然是被一把尖薄的切牛排刀自背後刺了一刀——我們沒有見到兇器，兇手一定把兇器帶走了。」

「回過頭來講，」善樓繼續道，「唐諾是個聰明的渾賬小子。他當然不會身上帶著五萬元，走進警察的手裡去。我們查了機場的郵局，發現賴唐諾在舊金山買了一批照相材料。這批東西應賴唐諾之請，必須立即空運，而且是照相館專人送去的。所以我們查一下舊金山這家照相館，你知道我們發現什麼？一個像唐諾體型的人，今天早上在他店裡，買了一只卅五喱米照相機，他給了他們名片，說是照相機一定要在一小時內送到機場，交機場郵局立即把它寄到洛杉磯來。他當然也出了運費。

「白莎，你知道我們要怎麼辦？我們現在要馬上去你們的辦公室，就在那裡等，等那包裹寄到。而後——」

「我出來的時候，有一個包裹剛送到，是航空的。」白莎說：「我當時奇怪，這會是什麼鬼東西，我剛好拆開來看裡面是什麼，你的電話來了，所以我放下一切，先趕來再說。」

「包裹現在哪裏？」善樓問。

「重新包好了，準備退回去，」白莎說，「我在管我們偵探社的經濟，誰也別想用公款去買什麼照相機。」

善樓快快地研究一下當時狀況。他轉身向另外兩位說：「好吧，你們想玩聰明，你們自己儘管玩，反正也不會有好處。你們不想講，就不講。不久前我已經搜查過童海絲的公寓了，我還要再去搜一次，這次要搜得更徹底。

「等一下等支援人員一到，我、白莎和唐諾要出去走走。我們要留住海絲，看有什麼發展。」

「你一點她的把柄也沒有。」許律師道：「我會聲請叫你馬上放人的。」

「其實她只要說實話，可以省不少時間，也不必你這種律師幫倒忙。」善樓說：「童達利是今天早晨之後被人謀殺的。再等兩小時，我就知道舊金山方面的意思，要不要她到案了。」

「我們要去哪裡？」白莎問善樓。

「去你辦公室。」善樓說。

「之後呢？」

「我們要看一看唐諾的照相機郵包。」他說。

白莎轉向我：「唐諾，你要一台照相機有什麼鬼用？」

「用來拍照。」我告訴她。

善樓咯咯地在笑：「白莎，你跟我來，我給你看他要一台相機有什麼鬼用。」

門上響起敲門聲。

善樓把門打開，門外站著兩個男人。

善樓笑著說：「這人姓許，他是她的律師。這是龔海絲，別名童海絲。你們把搜索狀送達給她，把這個地方給我拆開來仔細搜查。然後再回去她公寓，拆開來仔細搜查——我是說好好的拆，好好的搜。」

「好了，唐諾。」他繼續對我說：「你、白莎和我，現在有空去你們辦公室了。」

第五章 照相館的女人

宓善樓警官把警車停在我們辦公大廈前面的黃線上。他說：「照相器材，嗯？自以為聰明，是嗎？聰明死了。」

柯白莎自車中出來，雙目直視，下頷前戳，眼在冒火，不向任何人打招呼。我們魚貫進入電梯。白莎領頭，她一陣風進入辦公室，衝著我們的接待女郎說：「那包叫你退回舊金山的包裹還在你那裡嗎？」

女郎點點頭。

「拆開來看一下。」白莎說。

女郎知道她脾氣，不去和她爭。她打開一個抽屜，拿出一把剪刀，又在桌上拿起一個包裹，包裹上的地址已改為舊金山的日山照相館。

她把包裹剪開。善樓首先看向用塑膠粒填滿四周的盒子，他把手指伸進去，掏出那架卅五㕒米底片照相機。他皺起眉頭仔細看著。

「這是什麼東西？」他問。

我說：「我們的工作中有時需要照相存證，這只二手貨很便宜，我就買下了。」

白莎氣到說不出話來，只是怒視著我。

善樓有些困惑，他把手指再度伸進塑膠粒下去掏，突然他露出牙齒。「嗯哼，嗯哼！」他一面掏出一個五乘七吋放大紙的盒子，一面說：「看看這又是什麼？」

善樓把紙盒在他手裡翻弄著，伸一隻手進口袋，拿出一把小的摺刀。

「等一下，」我說，「這是放大紙。只能在完全沒有亮光的暗房裡才能打開，否則跑了光就沒有用了。你真要看，我可以拿進壁櫃，在沒有光線情況下打開來，再——」

「多妙……少來！」善樓說：「我們就要在這個光天化日之下把它打開，大家來看個明白。假如裡面有什麼不能見天日的東西，唐諾，你可有得解釋了。」

善樓開始要用他的小刀割開盒子的封口時，他突然停下來，仔細再翻看這盒子，笑著把刀子收回到口袋裡。

「我該先想到，唐諾。假如你不先把盒子打開，你又怎麼可能抽掉幾張放大紙，塞五十張千元大鈔進去。你一定是很聰明，用一把很快的小刀，很仔細的工作。白莎。我現在要證明給你看，你的合夥人如何聰明，他有多欺騙你。」

盒子。

善樓一下把盒蓋撕下一大塊，伸兩隻手指把黑紙包著的一疊放大紙統統拉出

「警官，黑紙是絕對不能再打開了。」我警告地說：「一跑光，全部作廢了。」

善樓把黑紙一下撕開，往地下一拋。裡面還有一層白紙。善樓把白紙也匆匆大力撕下，一團抛向廢紙簍，然後瞪著兩隻銅鈴樣的眼睛，看著手中扇狀分開，五十張開始在變色的照相用放大紙。

我儘量使自己的表情不要顯露出來。還好，善樓和白莎的眼光現在都集中在放大紙上。

「這東西有什麼特別？」白莎說。

善樓拿起一張放大紙，看一下，仔細看看發光那一面，翻過來看沒有亮光的一面。又拿起三、四張紙，再分別仔細的分開來比較，研究。

「真該死！」他說。

我走過一邊，坐下來。

善樓猶豫了一下，又回到那包裹盒子，把所有塑膠粒看過，抖在地上，把盒子倒轉，裡裡外外看過，看有沒有夾層。

他抬頭看白莎，「好了，」他說，「我應該想到這個小渾蛋會做出像這種樣子

的事來的。」

「像什麼樣子的事？」

善樓說：「白莎，這是一個傀儡包裹，懂了吧？這是一個餌。」

「什麼意思？」

「白莎，他當然不敢把五萬元現鈔帶在身邊。因為他知道，一旦給我搜到，那還得了。他想把五萬元放在一件他在舊金山合法購買的商品裡寄到洛杉磯來。不過事實上這小子虛虛實實玩個不停，他想到我會打電話問你，辦公室有沒有收到什麼包裹之類自舊金山寄來的東西。你當然會老實說有一個包裹從舊金山寄來，於是我會叫你把包裹送到總局來，或者我會到這裡來把包裹打開來。

「想起來這一招還真是唐諾註冊商標的老套，故意找打開後會廢掉的照相紙，這樣事後他可以拿來取笑我。他想我會自己掏口袋來賠他錢，然後過兩天自舊金山又會寄來一個無辜的小包裹，反正那時熱潮過去了，他就可以安心地把五萬元拿出來。」

「你的意思是，他偷了五萬元？」白莎問。

「不是偷，」善樓說，「他是想找回這五萬元來，然後和保險公司討價還價。」

「我覺得你對我是有成見的。」我說：「只要我襯衣的鈕子掉下一顆，被你撿到，你一定釘一件大衣在我扣子上，說大衣是我的。」

善樓開始咬已經濕透了的雪茄菸頭。

「善樓，」白莎說，「你下一步準備幹什麼？」

善樓說：「我要把唐諾帶走。」

白莎搖頭說：「不行，姓宓的。你不可以。」

「為什麼？」

「你沒有拘票，再說——」

「去你的，」善樓說，「我不需要拘票。他是謀殺嫌犯，我還可以加上半打以上的罪名給他。」

「你再考慮一下。」白莎說。

「考慮什麼？」

「你只要把唐諾帶進警局，」白莎說，「記者就會包圍你，他們要知道你是為什麼逮捕唐諾的。於是——」

「我沒有逮捕他，」善樓說，「我只是帶他進去問問。」

「除非你宣佈逮捕他，否則他絕不會跟你走的。」白莎說：「這種事他太聰明了，在你能收集到所有證據之前，他會迫你在公眾之前冒險深入。等他全身香香的離開警察局的時候，你會看起來像隻猴子。」

善樓又咬了幾秒鐘雪茄，用生氣的眼神看我，轉過去看白莎。他要說什麼，改變主意，又咬了幾秒鐘雪茄，他點點頭。

「白莎，謝了。」

「倒也不必。」白莎說。

善樓轉向我，說：「你給我注意了，聰明人。」他說：「你只要亂動一下──一下下，我就對你不客氣，把你關起來，要你好看。」

善樓轉身，恨恨地走出辦公室。

白莎說：「唐諾，我要和你談一談。」

「等一下。」我說。

我走向我私人辦公室，卜愛茜站在門口，在看著一切的發展。

我用很低的聲音說：「你給我接舊金山日山照相館的電話，我要和他經理說話。電話接通的時候，我可能在白莎的辦公室裡。你叫對方不要掛電話，通知我一下，我會回自己辦公室和他講話。」

「你知道那男人名字嗎？」她問。

我搖搖頭，說：「他是日本人。你問經理就可以了，我要他自己和我說話。這時候他們可能已經關門了，萬一真關了門，你試著找他們有沒有下班電話可以找到經理。」

卜愛茜看著我問，「唐諾，你是不是又惹了禍了，這下禍惹得不輕吧？」

「怎見得？」我問。

她說：「善樓拆開包裹的時候，所有人都在看盒子裡裝的是什麼。只有我在看你的臉，有一度看來你要摔倒了似的。」

我說：「別管我的臉，愛茜。我反正自己已經深深陷進去了，說不定，你也被牽進去了。」

「會不會叫我宣了誓，作對你不好的證言？」她問。

「萬一他們要你出庭，站在陪審團前面，你只能說實話，除非——」

我突然不出聲，她仔細看我。

「除非我們先一步結婚，是嗎？」愛茜問。

「我沒有說。」我說。

她說：「我說了，唐諾。假如你要和我結婚，我就不能出庭作證說對自己丈夫不利的話，之後我們再去內華達州辦離婚，我也會願意的。我願意——願意為你做任何事。」

「謝謝，」我告訴她，「我——」

「豈有此理！」白莎經過大辦公室大叫道：「你準備一個下午在這裡咕嚕個沒完，還是現在來我辦公室！」

「我就進來！」我說。

我走進白莎私人辦公室。她把門關上，鎖上，又把鑰匙放進她辦公室抽屜。

「這是幹什麼？」我奇怪地問。

她說：「你要留在這裡，直到他們說你沒有事為止。我不知道你在那裡嘰哩咕嚕和卜愛茜說些什麼，不過假如你是在叫她打電話給舊金山那照相館的經理，我一定要在邊上聽你說些什麼。」

「你怎麼會想到我要打電話到舊金山找什麼人？」我問。

「別在我面前玩花樣。」她說：「你會跑到舊金山去買一盒外面封套拆開過的放大相紙，我白莎會相信你?!你買這架照相機的目的是掩護你把放大用紙寄回來，不會太引人注意。告訴我，出了什麼毛病了？是不是店裡有人把你放在盒子裡的東西黑吃黑了？」

我走到窗口，背對著白莎。我看向街上，心中非常不是味道。

「回答我呀！」白莎向我大叫道。「別光站在那裡拖時間。老天！你不知道目前你糟透了嗎？我從來沒見過宓善樓如此生氣過，你——」

電話鈴響。

白莎一把撈起話機，她說：「他要在這裡接電話。」

電話那一端傳來一陣不太同意的聲音，白莎大叫道：「豈有此理！愛茜，我告訴你他要在這裡接那個電話，你給我把它接過來，聽到了沒有！」

我轉身說：「白莎，我不能在這裡接這個人的電話。」

白莎說：「去你的不能。你要講就在這裡講，再不然我根本不讓你講。你給我想清楚，要不要接？不接我就叫愛茜把長途電話銷號。」

我看到白莎火冒三丈的眼光，走過去，把電話拿起來，「請問是不是日山照相館的經理？」

對方回過來的是快速、神經質、結結巴巴的日本式英語：「這是經理，高橋先生。」

「我是賴唐諾，」我說，「我在洛杉磯。你是不是那位賣給我照相機和放大紙的人？」

「沒錯，沒錯。」他急急地向話機說：「高橋浩司，經理，日山照相館，請多指教，先生。我有什麼可服務的，賴先生？」

「你一定記得，」我說，「我買了一架二手貨照相機，還有一盒放大紙。」

「喔，是……是……」他說：「已經送去機場了。我派人專程送去的，最快的空運。」

「包裹是來了，」我說，「但是我買的東西沒來。」

「包裹到了？」他問。

「是的。」

「但是，你買的東西沒到？」

「是的。」

「抱歉，我不明白。」

我說：「我買的是特別的一盒放大紙。寄來的那一盒不是我買的那盒。封口有人動過手腳，是開過了的。」

「開過的？」

「開過的。」

「喔！抱歉，真抱歉。這裡發票存根上什麼都記清楚的，我馬上再寄一盒完全一樣的。不會錯，立即寄。」

「我不要另外寄一盒紙來，」我說，「我要我買的那一盒。」

「我不懂。」

「我認為你才清楚得很。」我告訴他：「你聽著，我要我原來買的那一盒，你聽懂了嗎？」

「我們願意立即送一盒全新的來，非常快。抱歉，不幸的意外。也許你買了之後，有人拆開來看，會不會？」

「你為什麼會有這種想法？」

「因為後來在櫃檯底下發現五乘七的放大紙。非常抱歉，請原諒，我們會補救的。」

「你聽著，」我說，「請你仔細聽。我要那一盒紙，我要那盒紙很快寄過來。要是我拿不到，會有大麻煩。大麻煩——懂嗎？」

「是，是。已經夠麻煩了。紙的事抱歉，馬上到。再見。」

他那一頭把電話掛上了，我掛上電話，看向白莎。

「狗娘養的！」白莎自喉頭發聲道。

「我？」我問她。

「他。」她說。等了一陣，加上一句，「你也是！」她繼續說道：「唐諾，你應該知道，怎麼可以和日本人打交道。我相信他們可以看透你的腦袋。就像我可以看透報紙沒有報導出來的一面一樣。」

「那架相機買得很便宜的，」我說，「我認為是贓貨。」

白莎眨了兩下眼皮，「便宜個鬼！」她說：「你買那照相機本來沒準備用它拍照。現在你來告訴我，你為什麼要買那架照相機？」

「我看最好我不要告訴你，」我說，「我可能情況不太好。」

「應該是『我們』情況不太好。」白莎說：「你希望不被別人知道，寄下來給你的，到底是什麼證據？」

「那不是什麼證據，」我說，「宓善樓說的沒錯，那是五萬元現鈔。」

白莎張大了嘴，雙目睜得很大。

「五……萬……元。」

「五萬元。」我說。

「唐諾，不可能的。你怎麼可能那麼短時間——」

「宓警官沒有錯，」我說，「那傢伙在運一個衣箱。我變點戲法，他拿了我的箱子，我拿了他的箱子。五萬元是在他的衣箱裡。我有一個想法，這可能是他們為我設的圈套，所以我買了一架相機和一些放大紙。我偷偷的趁經理在為我取一些我要的照相機零件時，在櫃檯下把放大紙抽出了幾張來，把五十張千元大鈔塞進盒子裡去。我告訴他們，我要立即寄回辦公室。我叫他要派專差去，我到的時候，包裹也要到。」

「你真笨，」白莎說，「這種奇怪的行為，他不起疑心才怪！」

「不，不是的，」我說，「我對相機一再挑剔，測試，對那包紙，只是常事一件。照相機是重要注重的東西，我離開的時候，他正在叫他的一位職員專門跑機場。」

白莎大搖其頭說：「唐諾，你一直是個有腦子的小渾蛋，但是有的時候你做出事來，聰明過頭，反而變白痴了。你為什麼不選一家美國人開的店呢？你鬥不過日本人。別看他們左一個鞠躬，右一個鞠躬，他們眼睛瞄呀瞄的像毒蛇的眼睛。我們美國人大而化之，什麼他們都看得透。珍珠港，你還沒有教訓夠？你自己也當過水兵的。」

「你有偏見，白莎。」我說：「各國的人都有好有壞。日本人看我們這種兩目直視對方眼睛，握手，互拍對方的肩膀，好像熱誠得不得了的樣子，才可能認為虛偽得不能再虛偽。你形容的日本人鞠躬，只是他們見面，分別時的禮儀而已。你怕他們，是因為他們比你聰明。」

白莎生氣得喉頭突然出聲，「去你的！」她說：「他們沒有欺騙過我，他們是欺騙你。」

「爭吵沒什麼用。」我說：「包裹進來時你見過。像不像有人動過手腳？」

「老天！不可能有這回事。」她說：「包裹包得好好的，寄件人的橡皮戳在面上和牛皮紙袋封口轉摺上，寄到我們辦公室註明由你收拆。所以我才拆開來看看到底是什麼東西。不過我根本沒有機會知道裏面是什麼東西。我才把外面打開，電話鈴響，是宓警官來電，我就立即出動找你去了。」

「現在，」我說，「我們真是裡外不是人了。」

「裡外不是人！」白莎：「何止如此。我們自油鍋跳出來，掉進火裡去了。唐諾，一定是你被跟蹤了。假如不是那個渾蛋日本人，一定是另外有人在跟蹤你，跟進了照相館，或是在店外玻璃窗看你。那個人也許製造了機會對那個包裹——」

白莎看到我臉上的變化，「怎麼啦，想到什麼？唐諾。」

「是個女人！」我說：「我想起來了，我一走進那照相館，就有一個漂亮女人跟進去，東問西問那些照相機。她是在近門的另一側櫃檯那裡，我是在店後二手貨部分。」

「她什麼長相？」白莎問。

我搖搖頭。

「少來這一套。」白莎突然生氣地說：「一個漂亮女人，而你說不出她長相？」

「這個我真的說不上來。」我說：「那個日本男人去拿相機給我看的時候，我儘全力在想辦法把五萬元裝進放大紙紙盒裡去。我向他又要相機，又要套子的。」

「好吧，」白莎過了一下說，「有人選上我們。你把衣箱掉了包，你把姓童的箱子裡五萬元拿出來之後，箱子放哪裡了？」

我說：「我用假名葛平古租了一個房間，那是在金門橋大旅社。我把事情安排到進可以聽姓童的電話，退可以完全消失得無影無蹤。」

「童達利來電話了嗎？」

「沒有。」

「為什麼？」

「因為他死了。」

白莎想了一下，「怎麼可能警察沒有想到有人在搞鬼，趕到金門橋大旅社來，把那個葛平古當場捉住？」

「因為葛平古不在那裡。」

「為什麼不在？」

「殺手先一步把他綁走了。」

「老天！」白莎大叫道：「有警察在追你，說你謀殺了人，又有兇手在追你，向你要回五萬元……還有一個漂亮女人，你不知道她是誰，穩穩坐在家裡，胸罩裡有五萬元贓款。」

「這就是我說的裡外不是人。」我承認。

「他奶奶的！」白莎說。

白莎停止吭氣幾分鐘，但是五萬元是一筆大數目，「五萬元……五萬元。」她說：「老天！唐諾，你已經把鈔票弄到手了！我們可以拿一萬五千元獎金！你為什麼要把它從手指縫漏掉了呢？」

「有一點我研究不出來，」我說：「什麼地方有個漏洞在。童達利是知道童海絲來過這裡的。」

白莎道：「童海絲！看我下次見到她不找她算賬！」

「你讓我來對付她，」我說：「她對我有信心，而且——」

「對你有信心！」白莎大叫道：「她把你繞在指尖上玩。她用假睫毛向你眨兩下，笑一笑，把大腿翹起來，給你看一點尼龍，你呀！就躺在地毯上打滾了。

「豈有此理，你能不能腦袋裡有點理智？男追女隔座山，女追男隔層紗。除非女人一開始就喜歡你，否則男人連一壘也上不去，哪能得分？那個女人是在吊著你玩，她哪是對你有信心。好吧！告訴我，還有沒有什麼其他壞消息了？」

我搖搖頭，「目前沒有了，但不久我還會碰到的。」

「你還會碰到！」她喊道：「你碰得還不夠嗎？你把我們偵探社陷入困境，把我們和宓警官的關係搞成敵對狀態，又把你自己變成謀殺嫌犯，弄不好你還會屈打成招。最壞的是五萬元經過你手又泡了湯，你不說實話你就套牢了。你一說實話宓警官就可以把你關起來……你竟還敢站在這裡說你來對付她……你不怕兇手盯了你屁股後面咬！

「這一邊由我來對付童海絲這小妹子，你給我馬上回舊金山。你要是沒有找回那五萬元，你可千萬別回來見我！」

「我在想。」我說：「那個連愛玲也許是個答案。」

「再見到那個跟你進照相館的女人。」白莎問：「你會認得出嗎？」

「有可能。」我說：「但是不一定，沒有把握，我只知道她年輕，好看，穿得很好。」

「你告訴我，」白莎說：「你在店裡的時候，她始終也都在店裡，是嗎？」

「是的，不過自始至終她只給我背影看。」

「你離開的時候，她還在裡面，是嗎？」

「是的。」

「你要走出店門，一定要經過她，是嗎？」

「是的。」

「你記不記得她聞起來是什麼味道？」白莎說：「照你所形容的女人，應該是會抹點香水的——」

我搖搖頭，「我記不起來。」

「還有一件事你可以做，」白莎說：「你先想個辦法去弄一張連愛玲的照片。」

「我已經有幾張她的照片，」我說：「泳裝照、盛裝照和裸照。」

「嘿！」白莎說：「既然如此，你還要我教你怎樣做偵探嗎？把這些渾蛋照片帶去舊金山，去那日本人開的照相館，找到那個接待那女人的店員。給他看相片，問他照片裡的人是不是那天問照相機的人。假如是的，你打電話給我，我馬上趕去，看我來整這個渾女人。這種場合呀！就用得到我了。換你還行嗎？給你看點腿，你就可以繞在她指頭上轉了。你叫她給我大腿看，她的大腿不如我膝蓋粗。唐諾，就算你愛白莎，你給我快快走。宓警官不是笨人，他一想通馬上會回來的。快走吧。」

我說：「白莎，我們真是心靈相通，我正計劃越早動身越好。」

「那就快滾呀！」白莎道：「你馬上要叫我吊銷執照了，而你還站在這裡嘰嘰呱呱沒完。」

我開始走向門去。

我不敢告訴她，那個日本照相館原先就是替連愛玲拍這些宣傳照的。白莎說得對，這次我玩完了。

第六章　一流女偵探人才

下午七點三十分，噴射客機把我帶到舊金山的機場。在機上被招待了幾杯不要錢的香檳和一頓豐盛的晚餐。我乘計程車到皇庭大旅社，在裡面鬼混一陣子。

假如有人在跟蹤我，我應該可以發現的，但是沒有。

當我確定沒有被跟蹤時，我來到卡多尼亞大旅社，我沒有向櫃檯打招呼，直接來到七五一號房門口，我敲門。

我聽到門裡有動靜，很小心的移動位置的聲音。然後一個女人的聲音說：「什麼人？」

「開門。」我含糊地說。

「是什麼人？」她問。這次，她的問話中充滿了警覺。

「搞什麼鬼！」我說：「這時候你還聽不出我的聲音，開門。」

我聽到門閂打開，房門也跟著開啟。

「抱歉，探長，」她說，「一開始我沒能聽出你聲音來，我——」

她愣住，開始關門。

我把一隻腳跨進門檻，然後把肩膀湊進去，站進房間裡。

「你！你是誰？」

「我姓賴。」我說：「我也是個偵探。」

「噢！老天！」她說：「你是那個衣箱——」

「正是，」我說，「我想知道的是我的衣箱怎麼會到他手上去的。」

她穿的是睡衣，一件絲質、顏色鮮艷、曲線畢露的玩意兒，最上的三個鈕子，她沒有扣，以下的部分在設計的時候就是叫男人大飽眼福的。

她非常美麗，我知道她哭過。

她看向我說：「真抱歉，你現在來，你的衣箱讓警察拿去了。我幫不上你什麼忙。」

「這些都在哪裡發生的？」我問道。

「在十樓。」

「什麼時候發生的？」

「一定是他一到達就發生的。車站弄錯了。那套房是預定的——」

「套房？」我問。

「是的。」

「為什麼要套房？」我問。

「那是他用電話預先定好的。」

「但是，為什麼需要套房呢？為什麼不只要一個房間呢？」

「你去問他，」她說，「恐怕現在沒有這個機會了，是嗎？」

「那倒是真的。」我說。

「坐吧。」她邀請道。自己坐到長沙發上，用兩隻明亮的大眼睛看向我。裝作無辜受累的樣子，但是，也許我已經先入為主，對我的效應正好相反。我覺得她是怪異的罪惡感作祟。

「我知道，你在為那個女人工作。」她說。

「哪個女人？」

「那個女人——那個龔海絲，她自稱是童海絲。」

「妳不喜歡她？」

「她只是個——寄生傀儡。」

「我們都寄生在地球上。」

「她是個掘金主義者。」

「怎麼會？」

「你會不知道？她纏住童達利，因為她想要錢。」

「他給她錢？」

「當然他給她錢。所以她擺脫了她老相好的男朋友，吃定了童達利。她要吸乾他的血。」

「她做了什麼了？」

這次她眼中冒火了，「你明知她做了什麼。」連愛玲說：「給她的鈔票她都花光了。所以，她掉包那個衣箱去偷童達利的五萬元。可憐的童達利，因為付不出他必須付的錢，對方以為他在故意拖欠，做掉了他。」

「有這種事？他衣箱裡有五萬元！」

「有過。」

「那麼，那個衣箱呢？」

「海絲把它藏在什麼地方了。她是用你的衣箱來掉的包，讓達利拿到了不對的衣箱。達利帶了不對的衣箱到這裡來時，一切都太晚了，沒救了。出事是一定的。」

「什麼叫出事是一定的？」

「這件事除了他，還有別人，那些人不喜歡事情進行的方式。」

「你說事情進行的方式，怎麼講？」

「他欠他們錢。」

「他該付而未付？」

「我告訴過你，該付，但是付不出。他們以為他在故意拖欠。」

「他本來是想付的？」我問。

「當然。」

「他有五萬元？」

「至少，也許還多一些。」

「這些錢哪裡來的？」

她把頭低下、眼觀鼻、鼻觀心，靜嫻地說：「我怎麼會知道？」

「我知道錢從哪裡來的話，會不會有利於破案？」我問。

「我看不見得。」

「這些你有沒有都告訴警察？」

「沒有。」

「為什麼不說出來？」

「他們早晚會知道，一旦他們知道了，那個龔海絲就會完蛋。假如我告訴警察，警察依我說的去辦案，會以為我是妒忌，故意誣陷龔海絲。到時海絲會說這是一個妒忌她的女人造出來的故事。警察來不及整她，她倒有時間消滅一切證據了。

「我現在什麼也不告訴警方，讓警方自己去發現有這樣一個童海絲，警察會因為得來不易，而儘量發掘她的一切，到時她想蓋也蓋不起來。警察問我什麼我都回答了。問一句答一句，我什麼消息都沒有自動提供給他們。」

我說：「據我知道，他是坐豪華號夜快車來這裡的。」

「是的。」

「你為什麼沒去接他？」

「他不要我去接他。」

「你知道他會帶一個衣箱一起來？」

「我只知道他要帶一大筆現鈔過來，因為他有賬要付。我不知道現鈔會在衣箱裡。」

「你知道他會住進這家旅館來的，是嗎？」

她看向我，在半透明的睡衣裡扭動一下，我可以看到她曲線的波動，她說：「賴先生，你看我像是個三歲小孩嗎？」

「你知道他在這裡訂了房？」

「當然。」

「訂的是個套房？」

「是的。」

「但是，你沒有去車站接他？」

「他認為有危險。」

「在他住進後，他會與你聯絡？」

「是的。」

「但是，最後沒有來聯絡？」

「沒有，我真正知道他已經來了的時候，是警察光臨的時候。整理房間的女僕發現了屍體。」

她自桌上抽出一張面紙，開始擦眼角。

「那是什麼時候？」

「我不知道正確時間，是八點到九點之間。」

「那麼，至少已經有好幾個小時。你在擔心，他怎麼了，為什麼沒來聯絡？」

「我知道他在確定沒有問題的時候，才會放心地和我聯絡。在不太確定安全的時候，我也不希望他和我聯絡。」

「我想警察認為他是在上午十點鐘被人殺掉的。」

「警察並沒有告訴我這些。」她說。

「你怎麼知道他拿了我的衣箱？」

「警察告訴我的，他們查了洗衣店的記號。」

「我認為警察不會告訴你這些事的。」我說。

「他們是沒有，他們問我問題。他們要我說我認不認識你。」

「你怎麼告訴他們？」

「知道什麼說什麼。」

「你知道什麼？」

「什麼也不知道。」

我說：「連愛玲，這樣說，說不通的。他一到旅館，你當然馬上就知道了。你上去，在他訂的大套房裡，和他見面。他打開衣箱的時候，你在邊上，你們兩個發現那不是那個衣箱，衣箱裡也沒有鈔票。

「這個男人一定是熱門貨色，否則他會用一條皮帶把鈔票放在裡面帶在身上。五萬元現鈔，不敢帶身上，反倒要放在衣箱裡託運，他一定是眾矢之的。

「據我看，他一打開這個衣箱，他就請你跑趟車站，到行李託運的部門去投訴，衣箱誤領了。你知道衣箱什麼樣子，你可以替他認領。你會付點押金，或是身分證明，再不然，你會告訴他們千萬不能讓別人領走那個衣箱，以便你帶領錯的衣箱來交換。你會用點口才，急智，女性的優勢，用一切方法，把衣箱弄回來。

「我有一種想法，你可能曾經對他們說出我的相貌。反正，你到了車站，不久你弄明白那個衣箱是一定被領走了，所以你就開始要找我。」

她按按嘴巴，打了個大呵欠。

「怎麼樣？」我拖得長長地問，讓房間變得沒有聲音，我也不再吭氣。

她說：「我看你可以走了。」

「假如，」我問：「我現在還不想走呢？」

她說：「我可以叫旅館裡的警衛，也可以叫警察。」

她又打了個呵欠，假裝禮貌，用手指拍拍嘴巴。

「我可以幫你叫他們來。」我說。

「那真是再好沒有了，唐諾。隨時隨地，警察也會高興不過的。」

「目前你做什麼呢？」我問。

「上床，單獨一個人上床。」

「我的意思是你有沒有一個工作，或——」

她站起來，走向門口，把門拉開著。

我找張椅子坐下來，自桌上拿起一份《五金世紀》雜誌，開始閱讀。

連愛玲站在門旁幾秒鐘，走回來把門關上。她說：「既然你不吃敬酒，我就只好給你吃罰酒。」

「這才是好孩子。」我說：「我在等你報警。」

「會的，會的。」她保證道：「但是有幾件事先要辦好。」

她把她雙手放在睡衣上面，一下撕下來。一粒鈕子落下，然後是裂帛之聲。

她再致力於睡衣的下襬，「要告人家調戲，或是強暴未遂，證據是十分重要的。」她說：「那些陪審員會色瞇瞇地看這件上呈的證據，然後看向我，心裡在想我穿上這件衣服時是什麼樣子。」

我站起來，走向門去，連雜誌都忘了放下來。

「終於你和我有相同的看法了。」她說：「還有件事，」她追過來在我後面說：「送我一件新睡衣。唐諾，這件給你弄壞了。」

我根本沒有停下來看一下。

我聽到她銀鈴似的笑聲，然後是關門的聲音。

我停在櫃檯職員前面，我說：「也許你要一張我的拜訪卡。」

我把一張十元鈔票橫裡對摺，送到他面前。

「噢！錢先生。」他說：「我們最歡迎你這種訪客。有什麼可以效勞的？」

「白天這裡有幾位總機小姐？」我問。

「什麼叫白天？」他問。

「早上九點算不算白天？」

「有兩位。」

「房間對房間的通語，我注意到你們不是自動的。小姐們怎樣分工，有特別分配方法嗎？」

「有，正常作業時我們以六樓為分界線。凡是六樓以下的接線工作由左側小姐負責，七樓以上的由右側的小姐負責。」

「早上，右側的小姐，」我說，「是……？」

他說：「我們最忌醜聞。小姐們奉命絕對不能偷聽電話對白，更不可以把偶爾聽到的對白告訴別人。」

「當然，當然。」我說：「出事情你擔當不起，我也擔當不起，那是犯法的。那個在右邊的小姐，也許你知道她名字和住的地方。」

「知道，但是告訴你不太方便。」

「我只是和她談一談。」

「你知道，這兩天尤其不適宜，旅館因為謀殺案為難得很。」

「我懂，」我說，「我絕對不做影響你們信譽，或是會有不良宣傳的事。」

趁他在研究我的時候，我又說：「當然，一切還是由你決定。」

他用張便條寫了一個名字和地址在上面，把便條翻轉自櫃檯面上推給我，順便伸手和我相握，他說：「錢先生，替你服務是我們榮幸，有空再來。」

「謝謝你，」我說，「我會再來的。」

我走出旅社，叫輛計程車，看他給我條子上的地址。

姓名是蓋波妮，地址是很近的一個公寓。

我向計程車後座座墊一靠，心裡在作自己的打算，這件追查工作中，我占先的時間並不多。今後每一分鐘對我都十分重要。但是，必然的，現在在舊金山，有一段真空時間，我無法利用。那就是現在起，到明天早上日山照相館開門為止。

我請計程司機扳下等候錶，我乘電梯上三樓敲蓋波妮小姐公寓的門。

門打開一條縫，一位馬臉的年輕女人在門裡，看到是我好像十分受窘。

「波妮出去了。」她說。

「請問你是哪位？」我問。

「她室友，我姓歐。公寓是我們兩個合租的。」

「你怎麼會知道我是來找波妮的？」

「這……他們都……我……我是猜的。」

她神經地，用高聲調笑起來。

「事實上，」我說：「我是想來和你們『兩位』談談的。不知波妮什麼時候會回來？」

「她，出去約會了——你自己猜吧。」

「會很晚？」

「很早。」

「那麼會是清晨嘍？」

「明天的。」

「我可以不可以進來和你談談？」

「我亂七八糟，公寓也亂七八糟。我在整理晚飯後的場地。」

「我也是洗碗能手。」

「這樣大小的公寓不行，兩個人在小廚房裡會撞車。你為什麼要見我們兩個人？」

「說來話長。」我說。

「好吧，進來坐好了，你是等不到波妮的了。太晚，我也必須睡覺。不過你讓我告退一分鐘，我可以陪你聊聊。」

她打開壁櫃，攫了幾件掛在衣架上的衣服，跑進浴室，把門關上。

我看向小廚房，所有碟子都已經洗好，疊在水槽裡，但是尚未沖水、晾乾。瓦斯爐上有一壺熱水在冒氣。

我用熱水來沖水槽裡的碟子，拿起一塊乾的洗碗布把碟子擦乾，架在架子上。

我快弄完的時候，感到身後有人，轉身回望。

歐小姐已經把眼鏡拿掉。她穿了件家居長袍，空氣中微微有清香的香水味。

「你在幹什麼？」她問。

「我弄完了，」我說，把洗碗布掛在掛鉤上說。「你在幹什麼？」

「吃完晚飯我總喜歡換件衣服，」她說，「多少可以打破一些單調的生活，我……你來得很意外。你不該替我洗碟子的。你到底是誰？你要幹什麼？」

我走過去，到沙發旁，扶住她一隻手臂道：「我希望能和你談談，我要消息。」

「你是誰？你……噢，我打賭你是一個警官……但是，你一點也不像我見過的任何一個警官。」

「你見過多少警官？」我問。

「不太多。」她說。

「在哪裡見到的？」我問。

「多半從電視上見到的。」

「到底是真的警察還是演員？」

她大笑說：「好吧，我投降。」

我說：「打蛇隨棍上，假如我讓你認為我是警官，我會有不少好處，但是我不占這個便宜，因為我不是警官。我是一個私家偵探。」

她眼睛睜大了。「噢，噢，」她說，「一個私家偵探！」

我看向房間角上的電視機，向電視機一鞠躬。

「這是幹什麼？」她說。

「你對私家偵探的好感都是靠它之賜。」我說：「這樣好了，告訴我一些有關波妮的事。」

「有關她什麼？」

「對於那死人，她告訴你些什麼？」

「你是說那個被謀殺的人？」

「是的。」

「我……她怎麼會告訴我有關他的事？」

「所有在旅館裡的人不會都是傻瓜。大家猜也大概猜得到發生了什麼樣的事。我問你，連愛玲今天早上是不是在等著見他？」

「你叫什麼名字？」她問。

「唐諾。」我說。

「沒有其他名字？」

「只有唐諾。」我說。

「唐諾，我不清楚你的底細。」

「不必深究，」我說，「你還是說童達利。」

「我沒有見過他。」

「我知道，」我說，「只要告訴我，波妮怎樣說他。」

「你怎麼會想到她會告訴我這種事情？」她問。

「說來話長。」我說。

「說給我聽聽。」

「好吧！」我說：「你對世人有興趣，你對事物有興趣，但是你很內向，很保守。你不是那種肯隨便接受約會，和別人出去的人，你要接受男人友情，你是衷心覺得他可以信任。」

她驚奇地看著我，過了一下，她說：「這和波妮有什麼關係？」

我說：「波妮不同，波妮的性格正好和你相反。波妮喜歡出遊，享受快樂時光。她喜歡隨波逐流。男人只是能帶她出遊的道具，她可能也天天換道具。」

她把眼睛瞇起來，她說：「你是一個偵探，剛才我一開門，就以為你是來找波妮的。就憑了這一個事實，你推理出那麼許多理論來。你沒問我，我就告訴你她出去了。你就知道一切了。事實上我以前沒有見過你，你突然來，我以為波妮又搭錯線了。她不止一次了，一晚上約好了兩個不同的男朋友——你的推理能力很強。」

「哪有那麼神。」我說：「我又不會心靈感應。」

「我看你對我性格的判斷，就是用心靈感應看出來的。」

「沒有。」我說：「每個人性格不同，照我看你，你過的是比較寂寞的生活方式。你下了班不太出去，只是看看書，而大部分的時間浪費在看電視上。你不管好壞，有什麼節目就看什麼，你吸收不少官兵捉強盜、私家偵探神勇的故事。這反正也是現在節目中很熱門的。」

「是的。」她承認。

「好了，」我告訴她，「這就是線索了，你不太出門玩，你內向，但是你對世事，對人們有興趣。現在你看，你對電視警匪節目是專家，波妮的旅社中發生了謀殺案，你能不等波妮回家，第一件事就好好的問她，她知道些什麼嗎？」

突然那歐小姐把頭甩向後面，大笑出聲道：「唐諾，我服了你，我盯住了波妮問，把她肚裡知道的都問了出來。」

「你知道了些什麼？」

「我不知道告訴你這些有沒有影響。這裡面有些是不應該告訴任何人的。有些事，是不足為外人道的。」

「我知道，」我說，「那些她自電話中聽來的就是。」

「唐諾，」她說，「你把我放在一個尷尬地位了。」

我說：「給你兩條路走，一是我倆交換情報，早日破案。另一條你不說，我也不說，任由兇手得逞。」

「我……唐諾，你讓我參與你在辦的案子？」

「假如你有有用的情報。」我說：「童達利和連愛玲在一起的事，有多久啦？」

「沒人知道。」她說：「不過一定是在她來旅社之前，早就有了的事。

「她住在洛杉磯，用連愛玲名字租的公寓。六個禮拜前她來這裡，用譚芭麗的名字登記住旅社。她是以月租來計的，在這裡和洛杉磯之間飛來飛去。

「在洛杉磯，她公寓名字是連愛玲，她是在建立雙重人生，所以，她假如跑出洛杉磯，用譚芭麗名字在舊金山，可以大模大樣生存，誰再也找不到連愛玲這個人。」

「哪些人知道這件事？」我說。

「顯然只有童達利。每次她來這裡的時候，他至少每天要打四、五次長途電話到這裡來給她。

「但是童達利的女朋友，一個叫海絲的，不知怎樣知道了這件事。她趕到這裡來，發生了大爭執。隔壁的房客，打電話報告櫃檯。據說互相講的話都是聽不得的。」

「有哪些不好聽的話？」我問。

「還不都是些女人吵架時的詞兒，蕩婦啦，妓女啦，母狗啦……一吵架什麼都出來了。」

「好吧，吵架的事不談了，謀殺的事說一下吧。」

「童達利一來，第一件事就是找她。她一定已經在他房裡不少時候了，然後……他們發現了箱子有什麼不對了。」

「他們什麼時候開始用電話？」我問。

「兩個人誰也沒有用電話。套房和她房間突然完全沒聲音了。」

「但是你說他一來旅社就打電話給她的。」

「他一進套房，就打電話給她。沒錯。」

「你想她上去了？」

「我知道她上去了。因為有人打電話來要接套房，波妮接過去，是愛玲接的電話。」

「這通電話是誰打來的，知道嗎？」

「不知道，來電是一個男人聲音。男人一說要找童達利，愛玲就把電話交給了童達利。」

「他們在談些什麼內容？」我問。

她搖搖頭。「波妮這次沒有時間去偷聽。另外有電話進來，一個接一個忙了一陣子。」

「沒有一點概念，來電是什麼人嗎？」

「沒有。」

「警察有沒有找波妮談過？」

「還沒有。」

我把皮夾拿出來，拿出一張二十元的鈔票，「歐小姐，你在幫我進行這件案子過程中，會要有點開銷的。」我說：「我要有一張名單，列出連愛玲過去幾天打過電話出去的電話號碼。尤其想知道她有沒有和一家叫日山照相館的有過什麼交易，她是不是一個照相迷。」

「對這件謀殺案又有什麼關係呢？」

「可能會有很大的關係，你認為能替我辦到嗎？」

「也許，」她說，「唐諾，你怎麼會知道我這麼多的事？我是指我的性格什麼的。我就那麼明顯沒有男朋友嗎？」

「不是明顯，」我說，「只是看得出你有深度、真心和忠心，所以猜想你有一點寂寞。」

「唐諾，你是不願意直接說出來使我難堪。」

「怎麼說？」

「我是一條冷板凳，」她說，「我自己知道，你比我更知道。你在客氣地形容一條冷板凳，聽起來好聽一點。我不知道我為什麼一直找漂亮的女孩子做室友，事實上這是我的癖好。大概是可以滿足我的自憐狂吧。

「你看波妮，波妮每晚有男朋友約出去。她沒有固定戶頭，她在圈子裡混。其他人都在她手上的線下牽來牽去，都是她的冤大頭。

「她也喜歡和我在一起，因為每次她出去，洗碗、整理房間總是我。我也喜歡和她在一起，因為在她出去之前，當她為男朋友換衣服，打扮的時候，我可以叫她說實話。晚上，我會叫她告訴我，她這次約會的全部過程，他們說些什麼，玩些什麼，去過哪些地方。

「我也常逼迫她告訴我她工作上的事，尤其是大旅社裡的蜚短流長。……老實說，耐性不好的好孩子早把我趕出她生活圈子了。無論如何，波妮是一個好伴侶。她瞭解我，對我忍耐，知道我有內在的挫折感，我自己無法過這種生活，我聽聽也算過過乾癮。」

「歐小姐，你自己做什麼工作？」我問。

「我叫歐南西，你可以叫我南西，我是做簿記的。」她說：「我注定是做簿記的。當然我有秘書的訓練，但是我喜歡數字，數字也喜歡我。我玩算盤，玩計算機熟練得不得了。我可以一面聊天，一面加單據上的數目字絕不出錯。

「另外有件事。那些做女秘書的一定要打扮得花枝招展接待客人，或是到老闆房間去做速記。倒也不是故意，但是一旦換了一件衣服，老闆就會注意到。但是簿記員，坐在大辦公室的一角，她在做什麼事，連鬼都不知道。

「那就是我，就是我的人生。」

「有件事你不知道。」我說。

「什麼？」

「你是一流女偵探人才。」

「我？」

我點點頭。

「為什麼？」

「第一，你不太突出。你自己剛才形容過，退在辦公室一角，不引人注目，就是女偵探最大的要件。你可以到東到西轉，沒有人注意到你是南西。你推理很好，你有很強的觀察力，你有好奇心，你記憶力強，判斷能力高——包括你的自我判斷。

「當我回去洛杉磯後，我要替你看看，那邊有什麼你可做的。下次，我們公司假如需要一個女作業員，我第一個會問你，願不願跳出這簿記員的位置，真正的到社會上去過一下刺激的人生。」

「這會不會一定要我辭掉現在的工作？」

我點點頭，問：「會對你造成很大損失嗎？」

「不大。」

「結果不如你理想，你再找工作有困難嗎？」我問。

「我在任何地方、任何時間，都可以找到工作。你的真正名字是什麼？」

我給她一張有我名字的公司名片，她拿在手裡好像這是印在白金上的。

我問她道：「現在這個工作，你做了多久了？」

「七年。」

「我說吧！」我說：「你是安份工作的人。這也是為什麼波妮希望和你同住一個公寓的原因。你喜歡乾淨整潔。我打賭波妮出門的時候，往往把衣服鞋子拋得滿地都是，但是她回來的時候，衣服也都掛起來了，床也放下來了準備可以睡了。我可以想像你在辦公室也是如此。你會不斷替別的女同事收拾東西，你會掩蓋她們的小錯，你會不聲不響把工作順利推行。我相信你管的賬簿乾乾淨淨。

「我相信一旦你辭職不幹，辦公室會亂成一團糟，職員會什麼東西都找不到。老闆會大叫：『歐小姐哪裡去了。去把她找回來。』到時他會加你薪。你要多少，他給你多少。」

歐南西看向我，眼睛閃爍著光彩。「唐諾，」她說，「這一點正是我自己不能確定的。不過我敢試，我認為太自抬身價了。」

「一點也不會。」我說：「決心試一試！怎麼樣？」

「唐諾，我真的想試一下，我積不少錢下來……我可以用一段很長時間換另一種生活方式……我明天就遞辭呈。」

「嗨，等一下，妹子，不要見到風就是雨——」

「不行，唐諾，我決心要幹了。這種事我早已在腦子裡想過好多次了。經你一提，其實這就是我老早想幹而沒有下決心幹的。噢——唐諾。」

她伸雙臂抱住我頭頸，用全力把我抱向她。我感到她長袍裡的肌肉在顫抖。

「唐諾，」她說，「你真是可愛，是我的救星！我一定要給你看我能做些什麼？從今晚開始！今晚波妮回來，我會問她有關謀殺案她所知道的一切。也會問她旅社裡一切有關的謠傳，我會榨乾她。」

我也抱她一下，拍拍她臀部，我說：「這才是好孩子。」

她深吸一口氣，只是用雙臂放在我雙肩上。她微笑，連她自己也覺得十分滿意。我只是運氣好，她已經逼在心裡多年的怨氣，今天發洩出來，想要改變一下自己，但是缺乏原動力，今天被我無意中觸發了。她答應我，明天她會裝頭痛，自辦公室溜出來幫我忙。

她興奮得直發抖。

晚上十一點，我找了個三溫暖過夜。我感覺到警察可能會發動全市的旅社在找我。他們不會想到我會睡在三溫暖浴室的。

我很小心，用的是我真的姓名和地址。

第七章　日山照相館

我輕閒地就在浴室用一頓早餐。果汁、蛋、火腿、咖啡和熱的餅。我是故意好好地吃個飽的，因為下一餐連我自己也不知道會在何時何地服用。

日山照相館九時開門，我九點零一分走了進去。

看到厚鏡片、一大堆牙齒、那位賣給我照相機的日本經理已經很禮貌地在接待我了。

「抱歉，」他說，「我是高橋浩司。是一些麻煩，有人把放大紙拋在地上。一定是你買的那一盒。抱歉，請。很抱歉。」

他鞠躬，微笑。又微笑，鞠躬。

「這件事等一下再討論，你的另一位夥計呢？」我問。

高橋浩司向在櫥窗中調整照相機位置的木臉日本人點一下頭。

「把他叫過來。」我說。

高橋說了一連串單字語後，另外那位就走了過來。

我打開皮夾，拿出兩張連愛玲的照片給他看。「你認識這位小姐嗎？」我問。

他花了很多時間，仔細看照片。

我快速地抬起頭來，高橋浩司正在皺著眉頭看他。

「我也替人照相。」高橋說。

「當然。」我說：「我知道你也替人照相。你的名字在背面，照相館的名字也有橡皮戳在背面。你認識這位小姐？」

「這些都是宣傳照片，」他說，「後面我有攝影室，專拍人像。你要不要參觀一下？」

「這位小姐你認識嗎？」我說。

「當然，當然。」高橋說：「我認識。」

「知道她住哪裡嗎？」

「我檔案中有她地址，你為什麼問這張照片？」

我轉向另一位夥計，「那天我在這裡買照相機，」我說：「有一位年輕小姐在店裡，是不是照片裡那個人？」

他把頭固定在一個位置，一動也不動一秒鐘，眼光搖曳地看著高橋浩司，他搖搖頭。

「不是，」他說，「不同的一個人。」

「你認識那客人嗎？」我問：「她以前來過嗎？」

「抱歉，不知道。她看照相機，問問題，但是沒有買照相機。」

「我離開後，她留在這裡多久？」

「你出去，她也出去。」

「馬上？」

「幾乎同時。」

我面向高橋，「你給我聽著，」我說：「我不知道什麼人在搞鬼，但是，最後我一定會查清楚的。假如是你在——」

我看到他的眼光自我肩上向前望，他幾乎是一成不變的微笑，突然凍結成獰笑。

「好了，小不點兒，」宓善樓的聲音說，「這下真相大白了。」

我轉身看向他。

宓警官有另外一位便衣陪他在一起。在他告訴我，他是舊金山警察局警官之前，我早已看出他是條子了。

「可以了，」善樓說，「唐諾，這裡由我們來處理，你跟我們走就可以了。他們希望你能到總局去一趟。」

「憑什麼？」我問。

他說：「今天以盜竊罪收押你，最後也許會起訴你謀殺罪。」

宓警官轉身問高橋浩司，「這個傢伙想來問什麼？」

高橋搖搖頭。

和善樓一起來的人把衣襟向高橋翻一翻，「說！」他說。

「來問模待兒的照片。」高橋說。

善樓蹙眉道：「他不是來說，買照相機的事，叫你閉嘴？」

「什麼叫閉嘴？」

「有關把放大紙調包？」

「喔！放大紙，」高橋說。又微笑著道：「好玩。」然後把微笑變成咯咯的竊笑。

「有人在櫃檯下打開一盒放大紙。」高橋說：「好玩，賴先生走了之後，我們在地上找到放大紙，一共十七張，加厚，白平光，正是賴先生放在那櫃檯前買的，我跑去替他找照相機同一牌子的放大紙。」

高橋一再鞠躬行禮，他有點禿的頭很像一盆水裡的一只軟木塞。

「嘿！原來是這樣！」善樓說。

高橋繼續他的鞠躬和微笑。

善樓突然下了決定。「好吧，比爾，」他對和他一起來的便衣說：「你帶這傢伙回總局，拘留他。我來把這個地方翻一翻。東西可能在這裡——這個用盡心計的渾蛋，怪不得長不高。」

那個被稱做比爾的人，把他鋏子一樣的手抓住我的上臂二頭肌，「好吧，賴。」他說：「我們走。」

他必須把肩頭降低一些才能牽著我走向門口。

我只好跟他走，因為除此之外也別無好辦法。

在我背後，我聽到高橋向我道別：「抱歉，賴先生。」他說：「真抱歉。」

第八章 真真假假

我在總局足足等了三刻鐘，善樓才回來。然後，我被他們帶到總局典型的一個偵詢室。

一張破舊的橡木桌、一個放在橡皮墊子上的黃銅痰盂、幾張直背硬椅、牆上一個日曆，這就是全部設備了。地上鋪的地毯，因為香菸屁股亂拋的關係，由東到西燒出許多痕跡來，像是一條條長短不同的毛毛蟲。

宓善樓叫他為比爾的便衣，其實是警探杭珈深。他不喜歡父母給他起的珈深這個名字，每個人都知道，為了禮貌，叫他比爾。

善樓一腳把一張直背硬椅蹬得離開桌子遠遠的，向它一指，我就坐了下來。

杭警探也坐了下來。

宓善樓站著，向下看我，點點頭，好像心裡在說我知道有一天你會暴露出來你是個壞胚子，我一點也沒看錯。

「小不點！」他說：「這下子，你自己還有什麼好說的？」

「沒有。」

「我看你最好想一點東西出來說說。因為，照目前的情況，我們有證據把你釘在謀殺案上，你怎麼甩也甩不掉了。」

「我們不知道你怎麼做到的，」善樓說：「但是我們知道你做了什麼。你把自己的衣箱去換了童達利的衣箱回來，你在他的衣箱裡找到了夾層，你摸到裡面的五萬元。也許更多一些，但五萬是最少的估計。

「我不會假裝我對此後的事完全查清楚了。我只知道這五萬元燙手燙得不得了的錢，到了你的手上。你一定要找個地方藏起來。你怕你出城前有人會搜你，所以你去那家照相館。你買了架照相機，因而可以買盒放大紙，不會使別人特別注意。你把放大紙盒在櫃檯下偷偷打開，把一些放大紙拋在地上。然後你把五萬元現鈔塞進盒子去，叫高橋浩司立即把照相機和放大紙航空寄給你洛杉磯的辦公室。你以為絕不會有人去打開一盒放大紙。

「惡有惡報。有人來了一個黑吃黑，這是你整個演出中的弱點。你沒有時間把你尾巴藏起來，所以只要有人開頭一跟蹤你，你就溜也溜不掉。

「顯然對方用了一個女人來跟蹤你，跟進了照相館。有人再打開了放大紙紙盒，把你的五萬元抽了出來。也許這東西在離開店裡的時候，已經動過手腳了。我對那個日本店主也還沒有完全相信他是無辜的。」

我說：「你說的一切，哪一項可以證明我有謀殺罪呢？」

「間接的。」

「昨天，」我說，「你還在想這是栽贓，你還在想照相館裡的事是煙幕，是什麼使你們改變主意的？」

「我來告訴你，是什麼使我們改變主意的，」善樓說，「我們找遍了所有舊金山的貨運、託運公司和郵局，看有沒有什麼包裹是寄給洛杉磯賴唐諾大偵探的——你想我們發現了什麼？」

「什麼？」

「我們發現不少事，」善樓說，「我們發現一包簿冊和卡片，是你自己寄給自己的。你知道我們有什麼想法？我們認為，這些簿冊和卡片是你從童達利衣箱裡弄來的。」

「有什麼可證明的嗎？」我問。

「別急，我們正在找。」善樓說：「別催我們，要花點時間。還有一件事你不知道我們也知道了，我們找到了那個替童達利衣箱做夾層的工匠。這件事你想不到吧？

「除非想藏東西，一個人不會在衣箱裡裝一個夾層的。所以我們可以確定童達利的衣箱裡是一定藏有什麼東西的。由於我們已經知道一切資料，我們當然知道這裡面藏的是——五萬元炙手錢。

「由於我們知道了童達利拿到的是你的衣箱，當然我們也想到童達利的衣箱到了你的手上，那些簿冊和卡片很可能是童達利手寫的。目前西海岸一位最好的筆跡專家正在研究這件事。假如，結果證明出這些簿冊或是卡上的筆跡，真是童達利的筆跡，那就直接把你和失蹤的童達利衣箱牽在一起了，也直接把你和失蹤的五萬元牽在一起了，也把你和謀殺案牽在一起了。

「唐諾，我倒並不認為你拿了這筆錢會自己吞掉。多半你是準備和保險公司討價還價弄點獎金的。我告訴過你不可以插手，我告訴過你這件事我要自己處理，但是你不肯聽話。所以你活該，該你自行負責。你牽涉進謀殺案，有誰能救你？

「照我私人的想法嘛，你不會是謀殺童達利的真兇。這和你的格調不同，再說你也沒有這個種。

「我想幫你一個忙——再給你一個機會。你可以把知道的都說出來，以示你的清白。把真相說出來讓我們對照。假如能令我滿意，我們不把你當兇手辦。要知道我一直替你說話，說謀殺案不是你做的，但是我可以以十賭一，五萬元是你拿到了的。」

杭珈深警官什麼也沒有開口，他坐在那裡看我，仔細地看我每一個動作。

我說：「假如你不這樣疲勞轟炸，也許我們可以理智地談談。」

「沒有人疲勞轟炸你。」善樓說。過了一下又加一句，「至少目前還沒有。」

我根本不理會他所說的，我自己說下去道：「你偵破了一件裝甲運鈔車失竊十萬元的案子。你交出去了五萬元。那個賊硬說應該是十萬元，於是你吃不完兜也兜不走了。你希望要證明這傢伙是騙子，反過來證明你只拿到五萬元。

「其實你也明白，真正有用的方法是找出來什麼人拿走了那另外的五萬元，把贓款追出來，然後蒯漢伯又可加上一條偽證罪，說什麼都沒有人相信了。」

「你說下去，」善樓說，「我最喜歡的就是聽你發表高論，每次你說話我都會受些傷，但是聽你說話的興趣，從來不會減低。這有點像吃鎮靜劑，無聊，但是會上癮。」

「說受傷，實在是不憑良心的講法。」我說：「每次你在最後都聽了我的話，到目前為止你總是高高在上。」

善樓說：「你總是叫我去拿你要的東西，根本我的手就是替你『火中取栗』的爪子。」

「最後給你的都是你最需要的。」我說。

「說下去，」善樓說，「除了聽你嗑牙之外，我還有很多事要做。」

我說：「假如你說的沒有錯，蒯漢伯和童達利是聯手去偷運鈔車十萬元的，是嗎？」

「是的。」

「那麼，他們怎麼知道哪輛車裡面有錢，他們怎麼會知道有十萬元是千元大鈔？」

「他們可能有內幕消息，也可能是碰巧。」

「你現在唯一能自救的，是證明童達利是蒯漢伯的另一位合夥人。即使你追回了五萬元，交回去，說是從童達利，或是從我那裡拿回的，人們仍要笑你。大家會說你本來想吞掉這五萬元，所以你把它藏在一個地方。由於局勢對你不利，所以你把它拿出來，交回去。」

「你多想想自己怎樣救自己的命，」善樓說，「我的事我自己會辦。」

我說：「假如你的說法可靠，姓蒯的和姓童的弄到了鈔票後有很多時間，已經分好贓了。所以當童達利知道你逮到了蒯漢伯，他相信蒯漢伯會守不住口，所以他拿了五萬元，匆匆就跑了。」

「說到現在，你還沒有說出什麼名堂。」善樓說。

「我們再假設你的推理是正確的。」我繼續說：「我們先來看看——他們怎麼會知道這十萬元會在這輛特別的運鈔車上？還有，他們怎麼會知道，在什麼特別地方他們可以對這輛車下手？」

「這些你都已經說過了的。」善樓說。

「沒有，我沒有說過。你說你發現有人給他衣箱造了一個秘密夾層。所以童達利是先準備了衣箱，而在最近才把這五十張全新的千元大鈔放進去的。換句話說，他是老早老早就把一切計劃好的。」

善樓臉紅了，向杭警官很快地瞥了一眼。

杭珈深的眼光，一刻也沒有離開我。但是他說：「善樓，他講得也有理。」

「好吧，」善樓對我說，「小不點，你說下去。儘管說，反正我聽到你說完的時候，希望你有值五萬元的東西，否則你會有很長很長一段時間見不到你喜歡的朋友。」

我說：「這是一件經過長久計劃的竊案。而童達利一開始，就在裡面玩的。出事之前童達利知道某一位私家偵探反正會追他的蹤跡，因為他太太——你喜歡稱她龔海絲——曾經找過那個偵探。童達利知道：海絲知道他有一個藏東西的地方在衣箱裡。所以，這個地方再也不安全了。當然童達利不會再把鈔票放衣箱裡，他是把鈔票放在錢袋裡帶在身上了。

「童達利到了舊金山。他要每一個人相信，他把五萬元弄丟了。所以他想辦法把我的衣箱掉包掉了過去，這一招很有用。童達利騙過了你，騙過了每一個人，但是，有一個人他沒有騙過。」

「誰？」宓善樓蹙起眉頭來問。

「那個兇手。所以，假如你想要別人不疑心你，你只要證明薊漢伯實在是有一個合夥人，別人就不會對你起疑了。」

善樓開始用他的右手手指摸他自己的下巴。

杭警官對善樓說：「善樓，這傢伙是對的。你只要證明姓薊的有一個合夥人，你自己就脫險了。我可憐，要找到兇手才脫險。」

「你不是已經找到兇手了嗎？」善樓指指我說。

「也許，但也許不對。」杭珈深說。

善樓說：「你至少可以說他是嫌犯，先留幾天再說。」

杭珈深搖搖頭，「當他一個重要證人，最多了。」

「我已經騎虎難下了，」善樓說，「我想用謀殺嫌犯收押他。」

杭珈深想了一下，說：「我是不太贊成的，但是，假如這樣做對你個人有幫助，我們就支援你到底。」

我對杭警官說：「那個童達利被謀殺的房間裡，應該有些線索的。」

善樓露出牙齒向杭珈深笑道：「聽到沒有，比爾？他開始要教你，怎樣可以偵破兇殺案了。」

那警官把手舉起來，掌心向善樓，阻止他說下去，一面問我道：「你是指什麼樣的線索，賴？」

我說：「這傢伙是被刺在背後的？」

「是的。」

「向前倒，臉向下的？」

「是的。」

我說：「假如有人窮兇極惡在和達利理論，達利會把背對向他嗎？」

善樓說：「也許他不知道另外有個人在他房裡。」

「可能。」我同意。

杭警官發生興趣了。「繼續說，」他說：「你想事情是怎樣發生的？」

我說：「童達利被殺的時候，他才剛把箱子打開。」

「他既然知道這不是他的箱子，又何必要打開它？」杭警官問。

「這正是我要告訴你的。」我說：「你怎麼知道他自己沒有換箱子？為什麼一有人換箱子，他就立即被殺了？」

「你有答案嗎？」杭問。

「我也許有了。」我說。

「你現在在舊金山。」杭說：「你到底能脫掉多少罪，或者說因為想脫罪要剝掉多少皮，完全靠你和舊金山警方有多合作。」

「這要看你合作的定義。」我說。

「別人完全說真話，」他說，「我們就好好的調查。」

「看他，看他，」善樓說：「這小子只要你給他一點機會，他就會馬上爬到你的頭上去的。」

我說：「我們假設童達利做了一個夾層在一個衣箱裡。他本來目的是要藏五十張全新千元大鈔進去的。你們看，他從什麼地方可以得到這種鈔票？」

「你說，」善樓說：「你是聰明人。你告訴我們，他想從什麼地方去弄那五十張千元大鈔？」

「他準備搶它過來。」我說。

「從什麼人那裡去搶？」

「從蒯漢伯的合夥人。」

「蒯漢伯的合夥人！」善樓大叫道：「你說什麼鬼！童達利是蒯漢伯的合夥人。」

「你怎麼認為如此？」

「每件事都指出這一點。譬如蒯漢伯慌了，就打電話找童海絲……當他知道我們在跟蹤他的時候……」

宓警官的聲音開始時充滿信心，說到一半有點不能肯定，最後漸漸自動停下。

「對了吧？」我問他，又對他說：「你犯了一個好偵探不該犯的錯誤。你一開始有了成見，於是專門去找適合你成見的證據。」

「好吧！」善樓說：「你沒有成見，你又怎麼想？」

「我在想，」我說，「那個蒯漢伯，也許比你想像的要聰明得多。」

「怎麼樣？」

「蒯漢伯和他的合夥人，兩人都知道童達利是個危險人物，而且他正在動他們的腦筋，要分一杯羹。當蒯漢伯發現你在跟蹤他的時候，是他故意把你引向童海絲的。童海絲是蒯漢伯用來引開你注意他真正合夥人的替死鬼。」

「好，小不點。」善樓故示大方地說：「我現在反正在聽廣播，你有什麼廣告就搬出來好了。那個合夥人又是誰？」

「我不知道。」

善樓的臉開始漲紅了，說：「你帶我們兜了那麼大一個圈子，你連自己也不知道是要去哪裏？」

「誰？」

我搖搖頭說：「我只能猜一猜他是誰。」

「邢多福，那個悅來車人餐廳的老闆。我正準備回去調查他一下，你們就跑來用暴力把我帶進來了。」

「悅來車人餐廳和這件事有什麼關係？」他問。

我說：「所有的線索一開始就在你眼皮底下，只是你不會用腦子。你知道用燻鯖魚改變獵犬嗅覺的故事嗎？姓蒯的放了半條燻鯖魚，你這隻笨——」

「不要又來老掉牙的這一套，」善樓說，「你在想辦法整人的時候，總是用這一套氣人，可以多給點時間想怪點子。我有什麼錯誤自己會檢討。你有什麼證據說邢多福拿了這筆錢？」

「因為你說過的，」我說，「你在跟蹤蒯漢伯。蒯漢伯開車去悅來車人餐廳，他買了兩份漢堡三明治，要他們用紙袋裝了給他。於是他坐在車裡吃了三明治，把紙袋放進垃圾筒。他為什麼要這樣做？」

「因為他發現了我們跟上他了。」

我搖搖頭說：「你和你的同伴跟他進汽車餐廳本來不妥的，你們一跟進去，他就知道被你們盯上了，此後的一切都是故意在你們面前變戲法作秀的。你想，他叫三明治，準備當場吃的，為什麼不用紙盤裝，而要用紙袋裝，像是帶回家一樣？」

「你說說看，」善樓說，「你是推理專家。」

「因為他需要一個袋子，可以把合夥人應得的五萬元裝在裡面，拋進垃圾筒，邢多福在你們走後可以撿起來。當你不久捉住他之後，他要咬你一口，影射你侵吞了那五萬元，主要目的是沖昏你頭，你急於自辯沒有機會仔細想當時情況，回去搜邢多福。其實，當時你仔細回想還來得及，現在慘了，五萬元一定是在很安全的地方藏好了。」

「我不相信他開車進餐廳，或是買漢堡三明治之前，會知道有人在跟他。」善樓說。

「好，就算你說的是對的。蒯漢伯買兩份三明治，要裝在口袋裡，目的是要帶走吃的。這之後，他看到了你們，假如他慌了，他就不會吃三明治。但是他坐下來吃了一份又一份，悠閒得很。吃完了他把紙袋拋入垃圾筒，還用紙巾擦手，所以我斷定他是在做作。他又爭取了一點時間，他要把姓童的拋給你，做一條燻鯖魚。

「你把你自己放在蒯漢伯的位置上，你是一個老手，你在這一行什麼都懂，你在電話亭打電話，你看到兩個條子用望遠鏡在觀察，你會拋下話筒，和警車在都市裡飆車嗎？

「不可能，這種事你不會做。你會把背對著他們，使他們看不到你撥什麼電話，對方有回音時，你會快快地說，『我被盯上了，一切拖一拖再說。』然後你掛上電話，假裝把硬幣收回來，投幣、撥號，等候，掛電話，收回硬幣，表示電話一直未打通，打個呵欠，伸伸懶腰，離開電話亭。你總不會給他看到你撥什麼電話號碼吧？

「你也許會上去逮捕他，你也許暫時決定不逮捕他，他反正不能反抗，驚慌一點用處也沒有。但是他做出吃驚的樣子，那是做戲，目的是不要你回悅來車人餐廳去搜。那個垃圾筒裡有一個特殊的三明治，夾的不是漢堡肉，而是五十張千元大鈔。

「這件案子自始至終每件事都指向悅來車人餐廳，案子是在那裡發生的，裝甲運鈔車駕駛員是在那裡喝咖啡的。

「當然，我說過不一定是老闆邢多福，也有可能是裡面的一個女招待。但是我敢賭，一定是悅來車人餐廳的一個人，我也敢打賭，五萬元現鈔是被蒯漢伯放進了裝漢堡三明治的口袋，拋進垃圾筒去了。」

善樓看向杭珈深。

杭珈深幾乎看不出地微微地點一下頭。

「假如我相信你這些亂謅，又怎樣？」善樓問。

「信不信由你，」我說，「我只是把我的看法說出來而已。」

「好吧，現在你告訴我，童海絲的皮包裡，為什麼會有你的名字？」

「她沒有我的名字。她有柯白莎和賴唐諾，我們兩個人的名字。事實上，她想知道，童達利和一個贏過好多次選美，名叫連愛玲的常在一起，童達利有沒有對她起二心。海絲想知道自己有沒有愛情危機。所以她決定請個人來跟蹤童達利。她找電話簿黃色分類廣告，我們的名字柯賴二氏看起來很響亮，她自己用筆抄在一張紙上。她準備要僱用我們來盯童達利，看看自己的地位會有什麼改變。」

善樓又疑問地看向杭珈深。

杭警官大笑道：「善樓，你是一定要我發表意見的了。據我看這傢伙一半在唬人，一半在說實話。唬人的地方當然希望他自己能脫險，至於開車進去吃飯的餐廳裡發生的事，他倒是給了你很好的一個建議。」

「你怎麼想出來的，小不點？」善樓問我：「多多少少應該有些我不知道的事實依據吧？」

「我看他是一點也沒有，」杭珈深說，「不過我自己幹這一行太久了。有人在說謊，或是說實話，我一眼就能看出來。這傢伙兩者都有。有些是編出來的謊言，多半是他說得真有其事的部份。有些是真的，他知道一說你就會相信，不必去描的。這小子滑得很。」

善樓盯著我說：「我不喜歡別人認為我是傻瓜，我會對你說的展開調查。我也會仔細回想每一個細節。不過你今天又唱又跳的『秀』，因為沒有太多『牛肉』，所以不吃香。我還是要把你放在鐵窗後面去。」

我搖搖頭：「那是不可能的事。」

「你這樣想？」善樓說：「你越是不願意，想掙扎，我們越覺得你有問題，越要關你。」

「我倒不是掙扎。」我說：「我也不想你們覺得我有問題。不過為我自己利益，我會請個好律師，我要把我的故事告訴律師。請他舉行記者招待會，我會說你們為了掩飾自己的過失，故意陷害我。一定會有人相信的，這是可以大炒特炒的新聞。」

「什麼叫故意陷害你？」善樓說。

「為了你自己脫罪，」我說：「在洛杉磯時，你自己不知怎麼辦才好。蒯漢伯咬定你搜回的是十萬元，你說你只找到五萬元。怎麼說，還是會有人背後懷疑你的。你想找出路，你到舊金山來栽我贓，陷害我，把我拖去做替死鬼，目的只是希望你自己脫身。」

「你會這樣對付我？」善樓問。

「假如你要關我，我會這樣對付你。」我說。

「好！你這小混蛋！你……我要把你關起來，不准你見客，慢慢剝你皮，我還要抽你筋！」

「不可能，」我說，「這裡是舊金山，不是你管的洛杉磯。他們有他們自己的困難在，他們不會為了你在洛杉磯弄砸的事替你背黑鍋。杭警官自己手上還有個謀殺案要解決。」

「賴，照你這樣說，好像你能提供我資料，我可以破這謀殺案似的。」杭珈深說。

「一點不錯。」我說。

「吹大牛！」善樓說。

我說：「等一下，我倒不是老和你唱反調，警官。今天是不得已而為之的。而且，假如杭警官不肯照我的方法來處理這件事，我也不會幫他這個忙，剛才你要我講話，我已經講完了。我現在有權請一個律師。」

善樓惱羞成怒，突然出手用右手手掌啪一下打了我一個耳光，反手又用右手手背打了我另一面的耳光。

「你這小子，我要不給你——」

杭警官的聲音又冷又堅決，「不可以，警官！」

杭警官的聲音裡，有太嚴厲的味道，使善樓手停在半空，沒有繼續動。

「不可以動手。」杭警官說：「我們還沒談完，我自己也有些主意。」

「別讓他把你騙了。」善樓生氣地說：「這個小渾蛋，小聰明多得很。你一定得相信我。」

「假如他是那麼聰明，他有各種辦法找我們麻煩的。」杭警官說：「假如他是那麼聰明，他也可以幫我們一點忙的。我有個主意，你跟我來，我倆談一談。」

他轉向我說：「賴，你留在這裡，別亂動。」

他倆離開偵詢室。

我一個人被他們留在裡面十五分鐘。杭警官一個人進來，拖了一把椅子到桌子邊上，他坐下來，打開一包香菸，遞一支給我。他自己也拿了一支，替兩支香菸點火。他向椅背一靠，深深吸一口煙，自口中吐出來，好像他要說的話在煙霧騰騰中比較容易出口。

「賴，你是在說謊。」他說。

我什麼也不說。

「可是也說得真像。」他繼續道：「你真真假假說到哪裡算哪裡。我看得出你眼睛閃爍不定。你有的是推理，有的是瞎編。我也分不出什麼是真，什麼不是。」

我不吭氣。

「煩人的是，」他說：「善樓說得對，你老以為警察是蠢材。跟了你的方法去做，要知道，很有可能把別人牽進更尷尬的局面。」

我保持靜默。

他看向我，獰笑一下。

「其實，」他說，「有意思的是，我根本不吃你那一套。」

兩個人坐在那裡，大家不出聲。他又深深地吸口菸。他說：「我不吃你這套的原因，因為我始終感到你是和我們站在同一邊的，但是因為你自己現在身在水火之中，你不敢依靠我們，怕我們一切套在你頭上。老實說，我覺得你拿到過五萬元，但是又弄丟了，目前你在想法弄回來。

「你得原諒宓警官，他情緒不好，那也可以說是警察的職業病。他急著想偵破本案可以挽回自己的聲譽。我個人認為你給了他一個建議，使他可以開始走上正途。

「我告訴你我要對你怎麼辦，我要讓你大模大樣離開這裡，我要送你一把舊金山之鑰，使你在舊金山哪裡都通行無阻，讓你能盡力去挖掘。只有一點，你要是出了毛病，千萬別說今天你來過這裡或是見過我，一切由你自己負責。我自然也不會再見你，我會叫最凶的兄弟招呼你，我自己到時會在家裡休假看電視。你懂我意思嗎？」

我點點頭。

「至於我自己，」他說，「我目前有一件謀殺案一定要破。我放你的長線，說明了也是希望你東戳西戳把水弄混了，說不定跳出什麼東西來對我有用。

「我不知道你心裡在想什麼，當然絕不是幫我破謀殺案。我認為你現在比你表面做給我們看的，要難過得多，有可能除了我們白道外，黑道也在找你麻煩。

「我和善樓都知道目前和你為敵，對我們不利。我們沒有把握可以把兇殺案釘在你頭上，但是我們留下你，你會亂吠，這裡又不是宓警官的權力範圍，會有新聞記者加油添醋的。舊金山的記者會向洛杉磯的警察臉上亂抹泥巴的。

「我告訴你，我已經派車把宓警官送上機場，搭機回洛杉磯了。你暫時最好躲開機場遠遠的，善樓還在恨你。我花了不少時間才把他說服。

「你懂不懂？」

我點點頭。

杭珈深用大姆指向門一指，「你可以請了。」他說：「記住兩件事：第一，我有一件命案待破，不能招呼你，你也少找麻煩。第二，你只是個問題重重的私家腿子，我可以叫你問題更重。萬一你七搞八搞，搞到了一些和這件兇殺案有關的消息——」

「我怎麼和你聯絡？」我問。

他自口袋取出一張名片，寫了幾個電話號碼給我。他說：「最後一個號碼非緊急不要用，但是這個號碼二十四小時絕對可以找到我。老實告訴你，我真的希望早日能把這件命案結案。我甚至願意放你走，說不定可以起死回生。對你這種人，我本該是把你按在大腿上打屁股，教你一點對人民保姆的禮貌的。你懂了嗎？」

我站起來，走向門口。

「等一下，賴，」我把手放在門把手上的時候，杭警官說：「你對宓警官有什麼想法？那兩記耳光你還耿耿於懷嗎？」

我看向他說：「是的。」

「會影響你和我們合作的情緒嗎？」

「不會。」

「會想辦法報復嗎？」

「不是用他想我會採取的方法。」

杭警官笑笑，「走吧！少在這裡淘氣了。」

第九章　沾血的牛排刀

十點三刻我回到歐南西的公寓。

她一定是一直就等候在門裡不到六呎的地方，我一按門鈴，她立即把門打開，一把抓住我手臂。

「唐諾！」她喊道：「我還真怕你不會來了。」

「我出點意外，來晚了。」我告訴她。

她眼裡有眼淚。

「我知道，」她說，「我自己一直在想，我昨天晚上一定是笨得像個傻瓜，你可能是隨便應付我一下的。我想你已經對我沒有什麼胃口……」

「別亂講！」我說。

「亂講什麼？」

「自己貶自己的身價。」我說：「自今以後，你要過一個和以前完全不一樣的生活。你有沒有問波妮有關——」

「我什麼事都問過了，」她說，「我告訴她，叫她告訴我旅社裡發生的每一件事，也要她把每一件不尋常的事告訴我。你相信我，我把她什麼都掏出來了。唐諾，一個那麼大的旅社，你真的會不相信竟有那麼多事發生。

「當然，旅社警衛知道其中的一些事。但是，不見得會比一個好的、有心的接線生知道得更多。當然，旅社警衛盡可能不多事，除非知道某一件事有可能會引起糾紛，否則他不會故意主動發動的，他們一切以旅社聲譽為第一的。

「唐諾，我逼著她說話，到今天早上還沒有上床，她被我逼得連頭也抬不起來了。我相信，她知道的，我沒有不知道的了。九一七住著一個已婚女士，她先生出門旅行去了。有個女的溜進另一個房間，結果把她的皮包和放在裡面的鑰匙一起沒帶出來。她的駕照、錢，等等都留在那男人房裡了。」

「對我這件案子有幫忙的消息，有沒有？」我問。

「我看沒有。我只是叫波妮把她所知的一切說出來而已。你要知道，得花一個小時聽我來講。我把她說的每一件事都記下來了。」

「我們現在去旅社，」我說，「有機會可以見到波妮嗎？」

她搖搖頭，「波妮會在總機上不休息一直工作下去的，中午她帶便當。

「唐諾，有一件事也許你有興趣，那就是那個沒有人認領的手提箱。」

「怎麼回事？」

「有人來旅社，不是乘計程車，一定是開私家車，他們在旅社門外把行李卸下來。門僮的責任是把這些行李提放到旅社進口。僕役把門口的行李搬進旅社，排好放在登記櫃檯前。客人登記好後，職員會說：『帶這位某先生到某號房。』於是僕役帶那先生去認行李，他推了推車，把某先生認出的行李推著，帶某先生上樓去客房。」

「那沒有認領的手提箱又是怎麼回事？」

「唐諾，你是知道的，在忙的時候，當機場來的客人一多，行李排在那裡總是好幾排。但是到了該走的都走了，該住進去的都住進去了之後，那裡就一件行李也沒有了。但是，在昨天，不知什麼原因，那裡就留下來一件行李，沒有人認領。那是個手提箱。是什麼進住客人忘了認領這個箱子，自己住進了房間，一直就沒有再想起來。」

「好吧，」我說，「有一個手提箱沒有被人帶上去，又怎麼樣？」

「於是箱子就放在旅行社失物招領處，但還是沒有人去認領。」

「我們去看一下。」我說。

我們來到旅社。歐南西幾乎和每位職員都認識，像隻孔雀一樣自傲，帶了我到東到西看，向所有僕役點頭，介紹了兩個職員和我相識。然後帶我到一間辦公室，介紹一個人給我說：「他管失物招領。」

那位小職員向我看看，又向歐南西看看，好像對她並不認識。

歐南西說：「約翰，我的朋友想看一下那個沒有來領的手提箱。他——」

他把手提箱拿出來。

「是鎖的嗎？」我問。

他點點頭。

「對這種事情你們沒有什麼特別規定吧？」我問。

「什麼意思？」

「我想看看裡面有些什麼？」

「是你的嗎？」

「有可能。」

「喔！我知道約翰有權打開它的。」歐南西說：「他開鎖有一套，他也有各種不同的鑰匙。是不是，約翰？」

約翰開抽屜拿出一大把鑰匙，選出一把小鑰匙，又選了兩把，都沒有結果。又試了一次，鎖打開，箱子也被他打開了。

我看向箱子裡面。

手提箱裡沒什麼東西，但是有一把沾了血跡的牛排刀，還有一條羚羊皮的錢帶，也沾了血跡，其他什麼也沒有。

約翰也看到了刀，他伸手進箱子去，我一把抓住他的手腕。

「不能碰！」我說：「看樣子已經很亂了，千萬別碰裡面東西。我們要請指紋專家來處理。」

「噢！唐諾，這到底是什麼？」歐南西說。

我說：「南西，我請你來負責，千萬別讓任何人再碰到這個手提箱。要移動的話，可以吊一根繩子在把手上，它就不會影響上面原有的指紋。電話在哪裡？」

約翰說：「就用這裡這一台，你講話的時候，我要聽。」

我打警察總局找杭警官，等了一下杭警官來接電話。我說：「杭警官，我是賴唐諾。」

「什麼事，賴？」

「我發現了謀殺案的兇器了。」我說。

「你？」

「是的，我。」

「什麼地方？」

「在那旅社，在一個手提箱裡。」

杭警官猶豫了一下，他說：「不對喔！」

「有什麼不對？」

「太快了，又太容易了。你也許是個好偵探，但是這次好過頭了。」

我說：「今天早上要是你和善樓沒有阻礙我的調查工作，我早就找到那玩意兒了。」

「你一直知道它在哪裡，是嗎？」

「我一直在調查它在哪裡。」

「你現在在哪裡？」

「在旅社，一個辦公室裡。失物招領也在這裡。」

「別走開，」杭警官說，「別讓任何人碰到任何東西，我馬上來。」

「可以。」我說，準備掛電話。

「等一等。」約翰說，把我推開，接過電話說：「哈囉，我是旅社的職員。請問你是哪一位？」

電話傳出對方的嚣雜聲。

「好吧，」約翰說，「我不會讓人碰到這箱子，我也會把現在房裡每個人都留下來等你來，你會馬上來吧？謝謝。」

他把話機掛上，抱歉地對南西說：「南西，我認識你，但是我不認識這個人，希望你們兩個不要跑，這是件大事。警察馬上會來。」

南西抓住我的手臂，指甲都幾乎掐進肉裡去了。

「唐諾，」她震顫著說，「喔！唐諾，太刺激了……我以後得學著自己控制自己——但這件事太過癮了！」

那職員帶疑問地問我：「你怎麼知道刀子在裡面的？」

「我不知道呀！」

「是你自己找上門的。」他又轉向歐南西：「這傢伙是什麼人？」

「洛杉磯，柯賴二氏中的賴唐諾。」我說。

「柯賴二氏又是幹什麼的？」

「偵探社。」

「私家偵探？」

「大家這樣叫我們。」

「你怎麼知道該問什麼，看什麼？」

「不知道，我東看西看，東找西找。」

「也東問西問？」

「有的時候。」我說。

「這就是我想知道的部分。」

「這也可能是警察會問我的部份。」我說：「你等著聽好了。」

「我會留在這裡等著聽的。」他說：「別以為我不會。」

杭警官像飛來的，他帶了一個檢驗室同仁。我把發現的東西給他們看。檢驗室的人接管了手提箱，杭警官要知道歐南西是什麼來路。

我告訴了他。

杭警官看看我說：「好了，這裡沒事了，我們走吧！」

他把我和歐南西用警車送到警察總局。

我在離開他辦公室僅僅一小時半，又回來了。

杭警官說：「私家偵探可以傳達一些法院公文，找一些離婚案的證據。謀殺案是該由警方來處理的。」

我點點頭，表示懂得。

「我的目的也是要你知道分寸。」他說。

「這是什麼意思，唐諾？」歐南西問。

「這是說，」杭警官道，「你的男朋友，賴唐諾，他吃過界了。」

歐南西臉紅了，她急急道：「他不是我的男朋友。」

杭警官看看她，又看看我。他對歐南西道：「你給我坐在那裡。」他又伸出手指向我，說：「賴，你跟我走！」

他把我帶到另外一間房間，他說：「講吧！」

「講什麼？」

「歐南西。」

我說：「歐南西是個電視迷，她對私家偵探入迷了。」

「講下去。」

「她是蓋波妮小姐的室友，蓋小姐又是那旅社的電話接線員。

「波妮長得好看，有不少男友，常出去玩，她很少在公寓用餐。歐南西整理公寓，以聽取波妮的羅曼史為樂。每天晚上等波妮回來告訴她當天的一切活動，這是南西唯一的人生，也是她的戀愛生活。不過真正的刺激來自電視。

「當她知道我是個私家偵探，她眼睛裡都冒出了星星。」

「你在幹什麼？要著她玩？」杭警官問。

我說：「信不信由你，對南西我已經有完整的計劃。」

「說說看。」

「我認為我已經替她鋪好了今後應走之大道和職業。」

「在哪裡？」

「在洛杉磯。」

「做什麼？」

「做個調查員。」

「她有經驗嗎？」

「她有天賦。」

「說下去。」

「注意她的臉，」我說，「她選的髮型完全不對頭，她太急於學習別人的生活方法，因而完全忘了她自己該用什麼生活方式。假如她繼續如此下去，她就沒沒無聞，她就越來越挫折。但是，假如她注意自己的長處，不枉然去追不可能的事。她會做一個好妻子、好媽媽，後來再做個好祖母。」

「你準備怎樣做？」

「使她得到她想像中的興奮。打破她自封的外殼，多看看外界的人生，給她事做，教她怎樣做頭髮，幫她培養她自己的風格和興趣。」

「變牆花為好萊塢紅星嗎？」他問。

「別傻了。」我說：「當紅星要下一輩子了。她也不想當什麼紅星，她愛大眾，她要大眾和她有聯絡。她希望自己是大眾的一分子。她自己的願望也不過是家庭主婦。她目前是一個老實勤健的上班女郎，她在找一個老實勤健的丈夫。她想有個好家庭，被鄰居接納的家庭。此外她有觀察力，及可靠性。」

「我看你是三分夢想，七分同情。」杭警官說：「偵探工作是要有才能、有訓練的人才能幹的。你們這些可恨的外行！我真為你難過。」

我說：「我和她發現了兇案兇器了，是嗎？」

他看向我，露齒而笑出聲來，「喔——」

過了一下，他拿出他的香菸，給了我一支，自己也拿了一支，他說：「你怎麼會正好找到了的？」

我說：「歐南西替我找到的。」

「好吧！她怎麼會正好找到了的？」

「是我叫她去替我找的。」

「怎麼引起的？」

我說：「我要想知道，發生在這旅社裡，平時不常發生的事。我想知道什麼事在旅社裡醞釀，在旅社裡進行。我叫她去發掘，任何稍有出軌的小事，只要在那旅社裡發生，任何不正常的事，不論鉅細，皆在調查範圍。」

「這樣可以找到兇殺案兇器嗎？」他說。

「不是找到了嗎？」我說：「一個人用一把牛排刀殺了人，不會把刀隨身帶走的。」

「為什麼不會？」

「第一，捉到了一點脫罪的機會也不會有。第二，帶出去也的確不容易。」

「他既然有辦法帶進去，」杭警官說，「當然有辦法帶出來。」

「有一點我想不通。」我說。

「哪一點想不通？」

「這根本不是一種男人會帶在身上做武器的東西。決心用來做武器，要殺人的刀，應該是單刃、有血口、夠重、厚背、有護手、又有個合適把手的。再不然，就是雙刃短劍或匕首型很好的鋼製品。這一把不過是較利的牛排刀，又用的是假瑪瑙柄，不是個好的殺人武器。」

「你怎麼知道那麼多？」

「我看一眼箱子裏面，看到的。」

杭警官雙眼變窄，「好吧。你還知道些什麼？」

我說：「我不太相信是兇手帶了刀進去的。我認為這把刀本來是從旅社的什麼地方弄來的。多半是有人拿自廚房或客房服務部門的。當然也可能是有人突然認為需要一把刀，所以自旅社附近的什麼店匆匆買了一把。

「假如你沒有限制我一定要在原地等你，我早已在附近看看問問，特別找有沒有五金行了。」

「喔！我們限制你行動又錯了。」杭警官說：「這就是你們外行充內行的毛病。你低估了警察的實力和智慧，十五分鐘前我就派出不少人專跑五金行和餐具商、飯店、小餐館了。不久就可以有結果了。

「告訴你好了，賴，這是一把很特別的刀。那個假瑪瑙是一種特殊的塑膠，最近才上市的。這把刀來自芝加哥。我們已經和進口商聯絡過了。這裡有哪一家店批發這種刀來賣，我們也知道的。

「西海岸只有一家批發商自芝加哥進了這種刀來賣，他的貨也才到沒有幾天。只有少數的推銷員，手裡有這種刀的樣品，如此而已，他們根本還沒有給零售商出貨。」

「那麼這把刀來自批發商的庫存？」

杭警官搖搖頭，說：「我不知道，我們也不願先下斷語。我們現在正對每一個推銷員窮追，批發商已命令他們交回樣品。看會不會少了一把。庫存的貨已調查沒有動過。

「這種刀把上的塑膠是新產品。設計也是前所未有的。刀身部位更有特別之點，刃的地方用特殊鎢鋼可以不必常磨。刀身特別薄，是才推出的新產品，鋼是瑞典專利的。」

「這倒好，兇器追蹤方便了很多。」我說。

杭警官說：「但願有一個推銷員交不出他所有的樣品刀，這樣我們就從他開始來追。多數的兇殺案，我們沒有這種運氣。」

「你把我弄到這裡來叫我做什麼？」我問。

「等，」他說，「你什麼也不用做，我不要你到外面去亂竄亂闖。這是一個警察的工作，我們警察是一個部隊。我們這部隊在作業的時候，真的不要一個獨行俠在裏面搗蛋。我們會受影響的。

「現在，我希望你說幾句老實話。你絕對不會對偵破謀殺有興趣的。你來是另有目的的，到底是為什麼？」

我正視他的雙眼，我說：「五萬元。」

「這就像點樣了，」他說，「我也這樣想，你計劃如何處理？」

「把錢送回去，換獎金。」我說。

「善樓不會高興的，他要自己來破五萬元的案子。」

「他可以破他的，沒有人阻止他。他不是也有整個警察部隊做他的後盾嗎？他比我有利得多。」

杭警官看向我說：「你們私家偵探把警察看成冤家，還能做什麼生意呢？」

「我找到了那五萬元，就不會冤別人了。」我說：「我也知道善樓想自己破案的目的，是為了他要證明五萬元確是別人拿走了，不是他拿的。他的目的是證明自己清白。」

「我告訴你，假如我們拿到獎金，我們把一切破案的榮譽給善樓。」

杭珈深用手指尖敲打著桌面：「賴，」他說，「我現在要問你一件事，你不想回答可以不回答。但是千萬不要說謊話騙我。我相信你是好人，我們最怕的就是像真的假情報，我寧可沒有情報，你懂嗎？」

我點點頭。

「你拿到過那五萬元嗎?」他問。

「我可以免疫,受你保護嗎?」我問。

「不一定,我不敢向你做任何保證。」

我說:「有。」

「有?有什麼?」

「我曾拿到過那五萬元。」

「那麼,你說給宓善樓聽,錢在那悅來車人餐廳邢多福老闆手裡的事,完全是睜了眼說瞎話囉?。」

「那絕不是騙人的話。」我說:「我相信在到我手之前,錢是在邢多福手裡的。」

杭警官眼睛變窄了,「好吧!」他說:「你從什麼地方弄來的?」

「我從童達利衣箱裡得來的。」

「你從哪裡弄來那童達利的衣箱?」

「我自火車站拿到的。」

「現在在哪裡?」

我告訴了他。

「告訴我，」他說，「那五萬元去哪了？」

我說：「據我看，有兩個人都有可能拿到了手。」

「哪兩個？」

「要不是開照相館的日本人高橋浩司，就是連愛玲。」

「有什麼理由呢？」

我說：「我買了架照相機和一些放大紙。我自放大紙中拿了幾張出來。我不知道是多少張，十五至二十張吧。照相館後來說十七張，暫時算是十七張吧！」

「你把錢放進盒子裡，和剩下來的放大紙放在一起了，是嗎？」

「是的。」

「你怎麼知道錢不是在洛杉磯被拿出來的？」

「一定是有人在照相館裡幹的。」我說。

「你怎麼知道？」

「因為在洛杉磯，那盒放大紙是善樓比我先拿到的。盒子也開過，為的是不要我疑心。但是這盒放大紙，不是我那一盒放大紙。因為它是滿滿一包，假如是我的一包，裡面該有十七張是短缺了的。」

杭警官說：「好吧，賴。我認為你是乾淨的。我幫你忙，向那日本人加把勁如何？」

我搖搖頭。

「不要？」他問。

「不要。」

「為什麼不要？」

「我還沒有確定。」我說：「我要確定才行。」

「你怎麼才會確定呢？」

「我也不知道。但是我有一個想法，童達利的被殺和五萬元的失蹤，是有關連的。」

「謀殺案是我的事。」杭珈探說。

「我也不想碰，我只要錢。你我各取所需。」

「可以，你認為發生了什麼事了？」

我說：「我認為蒯漢伯在悅來車人餐廳裡有一個同黨。我認為蒯漢伯根本沒有想到警方會跟蹤他，直到他在打電話之後，無意地回頭一看才發現。我認為蒯漢伯走進那餐廳，要了兩份漢堡，一份有洋蔥，一份沒有，所以他才有理由可以要一個紙袋，叫他們把漢堡放進去。於是他坐在那裡慢慢享受，就是要別人看他吃了那兩客漢堡。我認為這都是他想好的計劃。然後，我想他把應該分給同黨的五萬元，放入紙袋，連紙袋拋入垃圾箱，開車走了。

「我想這是善樓第一步走錯的地方。我認為他應該把那垃圾箱打開，把紙袋拿出來看一看。那樣他就真的可以吃定蒯漢伯了。」

「那麼童達利又從哪裡得到五萬元呢？」

「他是從蒯漢伯的同黨那裡得來的。」我說：「由於不是分贓的，所以只有——兩個方式才能得到，那就是偷或搶。他們絕不是三個同黨，否則會是三萬三或二萬五等等。假如他得的是兩萬五，我會想蒯動的手，但是另外兩個人給他安排好了一切。現在童達利有了五萬元，我想他是偷來的。」

杭警官說：「賴，我有建議給你。」

「什麼？」

「仔細一研究，這件事不會那麼簡單，不可能是如此的。」

「為什麼？」

「我也不知道。」杭警官說：「就算是警察的靈感吧！事情不可能那麼簡單的，只是個不錯的想法，想法而已。」

「這就是你們單幫客私家偵探的最大缺點。你們像一匹獨行狼，想那裡，做那裡。只要有想法就徹底地做。我們警察不敢這樣做，我們依規定一步步來。不能走捷徑。」

「這沒什麼，你用你的方法，我用我的方法。」我說。

「你還知道什麼？」杭警官問。

我說：「在那衣箱裡，我還有一些東西不太明白。簿冊和卡片，現在都在善樓那裡。」

杭警官說：「卡片怎麼回事？」

「上面有一連串的數字，」我拿出我的記事簿，「例如一個——〇，〇，五，一，三，六，四。」

杭警官伸手把記事本拿過去。

「你再看看下一個。」我說。

杭警官讀出上面的數字：「四—五—五十九—十—一—」

「再看下一行，」我說：「尾巴上有個加號。」

他把數字念出，「八—五—五十九—四—一，後面還有一個加號。什麼玩意兒，你有什麼解釋嗎？」

我說：「我看到很多卡片最後三個數字是三，六，四。」

「又如何？」

「我曾經特別在想那加號和減號。」

「好，賴，」他說：「你給我好好坐在這裡多想想。」

「歐南西如何了？」我問。

「我請個女警先招呼她，在這裡留一下。」

「你拘留她？」

「不是，不是，不能稱拘留，」杭警官說，「但是我要把這件混蛋案子關起來查。我不能讓一批門外漢滿城亂跑找線索。假如這個日本鬼子是有牽連的，應該由我來整他。」

我說：「我保證不和你混在一起，你也不要管我的。」

他笑著說：「我要你完全不參與這件事。你會知道我不要你走動，你沒有什麼不要我管的事。」

他離開房間，順手把門關上，我被關在房裡。

我一直坐在裡面，實在是沒有一件事可做的。我只好研究卡片上抄下來的數目字。

過了一陣子，一個警察進來，帶給我兩份包在紙巾裡的漢堡，和一紙罐的牛奶。

「杭警官請客。」他說。

「他在哪裡？」

「工作。」

「我想見他。」

「很多人都想見他。」

「我可能有一些他想要的東西。」我說。

「他不會喜歡的。」

「為什麼？」

「有什麼要對他說的，剛才應該一次說完的。」

「告訴他，我事後又想起了一件事。」

警察點點頭走開。

我把漢堡吃完，把牛奶也喝了，把空牛奶罐、髒紙巾，放進紙袋，把紙袋拋進廢紙簍。

十五分鐘後，杭警官進來。一臉不高興。

「說吧！」他說：「有什麼你沒有告訴我？」

「沒什麼。我一直在想那些數目字，我又有了個想法。」

他做了個厭煩姿態，想走出去，回頭又說：「好吧，好吧，快點說，我再聽你一次。」

我說：「很多這些數目是以三，六，四結尾的。假如，這是倒記的電話號碼。又如何？」

「你什麼意思？」

「四，六，三，」我說：「是好萊塢區，於是第一個數目就會是好萊塢，一五〇〇號。現在，假如你找到這個號碼的主人，在一九五九年，五月四日，賭過一次一賠十，輸了。又在五月八日，賭過一次一賠四，贏了。那麼就有點意思了。」

杭警官停下來，又走回桌旁，拉過一把椅子，拿過我的記事本，開始研究數字，過了一下，他說：「是個很好的想法。告訴你，我們已取到了原始的賬冊和卡片。我會去查查你的想法對不對。」

「你又查到了些什麼？」我問。

「不少。」他說，站起來走了。

一小時半後，杭警官又回來。「賴，」他說：「你真多怪腦筋，不過有的怪得不錯。我本來不該承認，因為我一直告訴我的人，一切要照規定來做，不能出怪招。要依規定一步一步走。」

我點點頭。

「不過，」他說，「我告訴你，那個四六三一五〇〇電話的主人，是在玩外圍馬，但是他不是向童達利玩。他是在五月四日賭了一次一賠十的獨贏，但是輸了。又在五月八日賭一賠四的獨贏，贏了一次。我們又查了好幾個其他電話，你想得沒錯。

「現在，這一招是你想出來的怪招。你倒說說看，是什麼意思？」

「我不知道。」我說：「我不想因為我推理出一點小東西，就要在你面前表功。不過假如你要什麼不依規定作業想出來的怪想法，我倒還有一個。」

「是什麼？」

我說：「偷掉的是一批千元大鈔——這樣一筆全要千元大鈔，一百張千元大鈔。」

「說下去。」他說。

我說：「千元大鈔是不常用的東西，一般人見也少見，要運一筆全是千元大鈔的十萬元，一定是某家銀行特別要求的。這家銀行很可能有一位存戶是童達利。那筆十萬元全要千元大鈔，也可能是童達利特別要求的。」

「為什麼？」

「因為他準備消失，」我說，「他要便於攜帶。」

「之後又發生什麼？」杭警官問。

「之後，」我說，「有一個人知道了這件事，半路裡殺出來，想要這筆錢。這個人假如和童達利熟到知道他要了十萬元千元大鈔，當然童達利也一定對他熟到一出事，一定想得到是他幹的。還有一點，這個人還知道鈔票是用哪輛裝甲運鈔車運的。所以我們跟著這一點轉，不會有錯。」

「這一點我不相信。」杭警官說：「像你這種聰明人有一個缺點，只因為有一次瞎貓碰上了死老鼠，就自以為老鼠是非常容易捉的。

「老實告訴你，我有點後悔第一次聽了你的話，現在我有一點依賴你想走捷徑。走捷徑來調查刑案，是警察最危險的事。在電視上可以，因為電視上一起案子只有半小時到一小時的時間，他們要先交待刑案的發生，要神來之筆破案，還要插進四分之一時間的廣告。

「我覺得你有毒，你污染了我的思想。我不看電視裡的偵探片，就是怕它污染了我的想法，你比電視更容易上癮。」

他站起來，走了出去。

十分鐘後他回來。

「我就是沒有辦法把你從腦子裡甩掉，」他說：「你把我平常慣用的步驟弄亂了。」

他交給我那一本我從連愛玲房裡帶出來的《五金世紀》雜誌。

「歐南西說，這一本雜誌是你昨晚去她家時帶進去的。你去的時候，忘記帶走了。」

「是的。」

「你這種人怎麼會看這一類雜誌。《五金世紀》？你要這幹什麼？」

「我正好想看一下。」

「這是一本過了好久的過期雜誌。你從哪裡弄來的？」

我說：「這一本我是從旅社連愛玲的房間裡帶出來的。當時我正要閱讀，她決定玩野的，要趕我離開。」

「你離開了？」

「我離開了。」

「為什麼逃得那麼快，連雜誌都帶出來了？」

「因為她開始自己把衣服撕破，要叫著說我非禮，我不走行嗎？她只要裝裝樣，我走得比誰都快。」

「那麼雜誌是她的？」

「應該是的。」

「她怎麼會有這種雜誌？」

我說：「你要翻翻內容，可能會看到裡面有連愛玲的泳裝照片，當選為五金小姐。是一次五金年會選美大會奪得的后座。」

杭警官把兩隻手指一扭，發出一下清脆的爆裂聲。他說，「又來了。這又是一個瞎擺亂猜的好例子，偵探工作的大忌！」

「怎麼啦？」我問。

「我親自一頁一頁仔細看過，」他說，「我想要找她的照片看看。不在裡面！」

「這就真叫做好例子了。」他說：「你和電視，是警察訓練的兩大忌。」

他氣得用力把雜誌往桌上一摔，開始向門走去。走才兩步，房門打開，一位警察交給他一把用打字機打的字條。

「他們叫我馬上拿給你過目，長官。」說。

杭警官看向字條，把眉頭皺起。他又再看一遍，說道：「真有此事？」

那警察點點頭。

杭警官說：「好，我知道了。」

他把字條摺起來，放進自己口袋，思慮著看那警察離開。

「好吧，」他一面說，一面轉向我，「這裡有一個難題交給你。你喜歡推理。你就來研究一下吧！」

「什麼？」我問。

「刀子的進口商在丹佛以西，除了送了一批貨到舊金山來之外，還沒有做過任何一批生意。他們是決定一區一區的推銷。」

「這裡的卡比五金行在五金年會上看到了這種刀，堅持要例外的運一批樣品到西海岸的舊金山來，而且貨運到後會立即給他們一張訂單。樣品四天前才運到。」

「這些拿到樣品的推銷員，已經都電話聯絡過了，都說樣品還在，沒有一把漏到市面來。」

「想也想得到。」我說：「假如你用一把這種刀，殺了一個人，刀留在外面被發現了。有人一個一個用電話找推銷員，問有沒有掉了一把刀——你會怎麼回答呢？」

「當然，」杭警官說，「我早就想到過，應該叫他們把樣品刀一律帶回來，集合一起交出來檢查。但是，不知什麼原因，我有一個感覺，即使這樣做，也不會有結果，因為這把刀我覺得不是來自這裡的。」

他又走出去，我這下真的無聊到極點了。我拿起那本五金雜誌，一頁一頁消磨時間仔細地看。

突然我發現一篇有意思的文章，我恨我自己為什麼早不曾想到這點。我走向門口，一下子把門打開。

一個穿了制服的警察坐在一張直背椅子上守在門外。他把椅背斜靠在牆上，只有兩條椅腿支撐在地上。他把自己的腿擱在椅子橫擋上。當我把門打開時，警察一下把兩腳一彈，椅子的兩條腿砰一下回到地上，大個子的警察也一下站到了地上。

「老兄，幹什麼你？」他說：「你要待在裡面！」

「是的，我該在裡面，」我說，「但是拜託你給我把杭警官找來。我一定得馬上要見他。」

「嘿！看是誰在發號施令。」警察說：「你是什麼人，這裡由你在作主嗎？」

我說：「你去找杭警官，否則你們兩個都會後悔的。」說完我就回進那房裡去。

十分鐘後，杭警官推門進來，「賴，真受不了你，這次又怎麼啦，你要說不出個好道理來，我把你弄進牢裡過夜。」

「這次是真有道理的。」

「但願如此，是什麼？另一個心血來潮的聰明想法？」

我說：「《五金世紀》裡有一篇文章。要我唸給你聽嗎？」

「有關什麼的？」

「一段新聞，說到在新奧爾良的五金年會。」

「說些什麼？」

我拿起雜誌來唸道：「芝加哥ＣＣＤ刀剪製造進口商宣佈他們自瑞典進口一種特種鋼，配上新上市的一種塑膠琥珀，製成了一種實用美觀的多用途處理肉食的餐桌刀。他們準備先向東部市場大量推出，得到用戶迴響後再向西部推出。這種多用途餐桌用刀的特點是：製刀的鋼是特殊冶煉的，非常強韌，所以可以打造得非常薄，董事長國卡爾說，這種刀真已經達到刃薄如紙的程度。新上市的塑膠做成的刀柄，遠看或近看都沒辦法和真的琥珀分別。

「全美五金小姐連愛玲，在年會的展覽期間，下午四點到五點替ＣＣＤ服務，將這一種刀具，贈送給經過ＣＣＤ展覽攤位的選購廠商每人一套。會後ＣＣＤ也贈送她一套裝在絲絨匣子裡的這種刀具，留作紀念。」

我把雜誌摺起來，遞給杭警官，那段消息摺在最上面。

他沒去看雜誌，但是瞪著我上上下下地看。他說：「有的時候，我相信宓警官批評你的話是對的。」

「哪一方面？」

「我現在對你就是又討厭，又喜歡。」杭警官說：「我承認這是一個重要線索。我自己就應該想到的。當然，這位小姐會有一套這種刀子的，她是五金選美的皇后。有人出錢讓她去新奧爾良，叫她穿了禮服、泳裝在伸展台上走來走去。

「得了后座，她當然會拿到各種獎品、紀念品。假如她幫忙展示，把這種牛排刀一套一套地送給參觀客戶，她自己當然不會忘記拿一套的。現在我們只要申請一張搜索狀，到她旅社裡去看，有沒有一把這種假琥珀柄的叉子，如果沒有這種刀，看她有什麼話說。

「賴，我為這件事，對你很感激。不過這些事為什麼由你來發現時那麼容易？老實說我覺得這裡面有些怪裡怪氣。喔！賴，也許我太累，太神經了。你看，我在辦公室，忙著指揮這些部下，等候電話響進來，聽他們報告，而你坐在這裡，無所事事，只是動動腦筋，難怪你會想出這些鬼點子，但是確實叫我火冒三丈。」

「冒我火？」我無辜地問道。

「冒你火，是的。」他說：「不過大部分是冒我自己。我自己應該早就想到這一點。老實說，你先發現也是受我之賜，是我把你關在這一間只有四壁的房間，另外只有一本五金雜誌，所以你才會逐字的看雜誌上每一篇文章。然後你竟敢假裝謙虛地用五十步來笑百步。」

我用所有我裝得出來的同情表情說：「這就是我全力合作得到的報應嗎？我不會把這消息留給我自己，把這本雜誌向廢紙簍一拋，走出去自己去破案？」

「那不見得，有兩件事不對頭，你是自己和我一樣清楚的，」杭警官說：「事實上不止兩件，是三件。第一件，你根本就不會出去。第二件，你不可能破案。第三件事——假如這樣一件燙手的消息，你自己拿來利用不告訴警方，你就吃不完兜著走。」

他站在那裡，生氣地瞪著看我。突然，他把頭向後一傾，大笑出聲，他說：「好吧，賴。我懂你的心理，你不懂我的。你不知道我為了偵破本案，已調查了一千零一條線索。無論如何，你告訴我的是條好線索，我要謝謝你。」

「歐南西，你們把她怎樣了？」我問。

「我們詐她騙她，看有沒有什麼她知道的；你不要她告訴我。」

「什麼時候放我們走？」

「這一方面的調查完畢，就馬上放你們走。」他說：「我們不要你們這種外行跑出去，打草驚蛇了。」

我說：「換句話說，你是要等宓善樓警官從洛杉磯打電話來，告訴你可以放我走了，才放我走，是嗎？」

他笑笑。

「既然如此，」我說，「我需要一個律師。」

他搖搖頭說：「最近我耳朵不好，賴，我重聽的毛病又發作了，我聽不到你說什麼？」

「把身子湊過來，我可以說大聲一點。」

他躲得更遠，他說：「賴，你就坐在這裡，再用點心思想一想。沒有好的主意不要隨便打擾我。不過，你要是想到什麼好的主意不告訴我，我要親手捏死你。」

他拿著那本五金雜誌，走出門去。

第十章　五金小姐

下午四點鐘，杭警官走回來，「好了，賴。你可以走了。」

「歐南西呢？」

「我在一小時之前把她送回去了。」

「你該叫我送她回去的。」我說。

他把牙露出來，他說：「我是可以的，但是我沒有。我讓那個一直在問她的那個便衣送她回去了。她激動得要死。她說要比電視節目刺激得多。」

「好吧，」我說，「你對我有什麼計劃？」

「你對我有什麼計劃？」他問。

「要看我能做什麼。」

「我不要你搗亂，否則我還要把你關起來。」

「連愛玲如何？和刀子成一對的叉子，找到了嗎？」

他說：「別傻了。電視裡才那麼容易。連愛玲說，她負責把這一套套刀叉送給經過ＣＣＤ攤位的每一位可能買主，她自己並沒有人送她一套，也沒有想留一套，因為她不是主婦型的人。再說，她當時穿了泳裝，你說哪裡可以帶一套這種刀叉的匣子。」

「為什麼不能用紙包起來夾在腋下？」我說：「她總該有個皮包的吧？」

「我知道，」他說，「我們正在調查。別擔心，賴。你不必教我們如何調查兇殺案。你想知道我們查到什麼，我是在告訴你我們查到什麼——什麼也沒有。」

「我能不能和連愛玲談談？」

杭警官的臉現出不悅之色。「賴，你給我聽著，」他說，「要好好聽著。你現在在舊金山，你可以去住旅社，去看戲，去吃飯，去找女朋友。你也可以喝酒，喝醉都可以。但是，你要再走進那日山照相館一步。你要再去找連愛玲，你要再到那發生謀殺案的旅館附近去晃，我保證把你捉進來拘留起來。別擔心，我會找出理由來拘留你的，而且我親自招呼你，直到你留到案子結束為止。」

「你有沒有想到過，」我說，「這也是我的職業？我有一個客戶，我要向他負責。你有沒有想過，有人從我手上搶走了五萬元——」

「我什麼都想過。」杭警官厭煩地說：「每件事都想過五、六十次。我是在整理一團弄亂了的毛線。我不要你伸手再把它弄得更亂。」

「我能不能回洛杉磯？」

「能，但是我倒不建議你如此做。宓警官情緒不是頂好。」

我說：「裡面還有一個龔海絲，或是童海絲的——」

「她的事我們都知道，」杭警官說，「我們也在監視她。她是在謀殺案發生的前一夜來的。她現在還在這裡。」

「還在？」

他點點頭。

「在什麼地方？」

他開始搖頭，然後突然他的眼睛變小。我看得出他想玩什麼花樣。

「你為什麼想知道她在哪裡？」他問。

「我在為她做一件工作。我自己坐在舊金山警察總局的詢問室，就不好意思收她的日計出差費。」

「你到底想幹什麼？今晚上你想住大旅社，還是免費住我們的『招待所』？」

杭警官說：「我已經改變主意不要你離開了。」

「開玩笑吧？」

「不是，是一個要你回答的問題。」

「我的回答也許你會奇怪，」我說，「我喜歡住在旅社裡。」

「可以安排，」杭警官說，「不過要看你合不合作。」

「你說的合作，是怎麼回事？」

「我們給你找一家旅社。房間裡會有電話，但是不准你對外打電話。旅社裡有好餐廳，你要什麼都可以叫上來吃。我們供應報紙雜誌。你也可以看電視，可以睡覺。但是，你不可以離開房間，萬一你想溜，我們會知道，那就不會對你客氣了。」

「你說的，像是要軟禁我了。」

「不是的，我們警察叫做在保護你。沒人管你行動，只是不讓你走出房間。」

「要我留多久？」

「一個晚上，至少今天一個晚上。也許明天會讓你走。」

「我的合夥人會為我擔心的。」

「你的合夥人早已擔心死了，」杭警官說：「事實上你的辦公室拚命在找，要和你通話。他們也曾打電話到這裡找你。」

「你怎麼對他們講？」

「我告訴他們，我們並沒有任何理由拘留過任何姓賴叫唐諾的人。」

「事實上我雖沒被拘留，但是是被留在這裡。」

「留在這裡是沒錯，但是並沒有為任何特別理由把你留在這裡。我們能把你留下、是因為你肯和我們合作。」

「歐小姐也會為我擔心。」我說。

「歐小姐現在自己飄飄然在那裡。」杭警官說：「她現在有我那便衣偵探陪著她在公寓裡，非常合作。我那便衣偵探是個滿不錯的單身漢，他覺得歐小姐是一個很聰敏、平實的女孩。他們倆有點靈犀一點通，一見鍾情在那裡。我覺得我的人在這一方面又比你棒得多。再說，他現在有自由，你沒有。」

「要我住什麼旅社？」我問。

「海景，」他說，「要住那裡，還是這裡？」

「海景就海景。」

「好，由我安排。半個小時後就可以了。」

他出去，不到半個小時，一個便衣進來說：「賴，走了。」

我跟他出去來到一輛警車的前面，警官很隨便開車，來到海景旅社。這家旅社在碼頭區，離開謀殺案的旅社很遠很遠，離開日山照相館也有好幾哩路。

警官帶我去一個房間，那是一間景緻好，又通風的房間。

「有關離開這裡，」我問，「有什麼限制？」

「你不能離開這裡。」

「剃鬍刀、牙刷，又如何？」

「你的手提包給你拿來了，在牆角上。電視的收視效果非常好。晚報在桌上。這裡出路有兩條，一是前門，一是防火梯。前門我們有人看守。沒有人守防火梯。」

「為什麼？」

「外面很冷，」他說，「坐在防火梯上看守也不是件有樂趣的事。老實說，我認為杭警官還希望你能從防火梯上溜出去。」

「為什麼？」我問。

他獰笑道：「這會使這件案子好看一些。」

「哪件案子？」

「對付你的案子。」

「我不知道有什麼對付我的案子呀！」

「目前是還沒有。不過再有一些證據，說不定就是相當完整的一件案子。」

「原來如此。」我說：「杭警官就是希望我脫逃的。是嗎？」

「假如你脫逃了。」警官說：「我們就可以以謀殺嫌犯拘留你了。在這個州，脫逃是有罪的一種證據——對起訴有利的。」

「你肯告訴我，我十分感激。」

「這是上面給我的指示。」警官高興地說：「我們要讓你知道，只要你離開這裡，就是脫逃，千萬別說不知道，或誤解。我會作證，我是親口告訴你的。」

「謝了。」我告訴他。

「房間我們不會給你上鎖。你假如覺得沒有安全感，可以自己從裡面閂上。防火梯在走道兩側底上。」

「我不能從正門出去，是嗎？」

「我們有人看守。」他說。

「你能讓我知道這些規定總是好的。」我說：「至少我知道了這個陷阱的平面圖。」

「陷阱？」他問。

「當然，」我說：「杭警官恨不得叫我一聲爺爺，求我自防火梯逃掉，他可以捉住我小辮子。」

「大概就是這意思。」他說，走出門去。

我用電話通知客房服務部。我要了雙份的曼哈頓雞尾酒、三分熟的菲力牛排、烤洋芋、咖啡和蘋果派。

房客服務部說一切都可以照辦，但是雞尾酒不行。奉令酒是不能送到房間裡的。

我打開電視，看到一部私家偵探片的最後二十分鐘，之後是新聞和氣象報導，於是晚餐送上來了。我用完晚餐，叫僕役上來把餐桌整理乾淨。開始看報。

有關男人被謀殺在旅社裡的案件，只有一點點追蹤消息。報紙報導：警方正在追蹤一條很有價值的線索，預期在四十八小時內可能有嫌犯落網。

這種新聞是兩面光的打高空。記者一定要寫一點東西，警察又希望老百姓認為他們在工作。

天黑後很久，我聽到門上響起偷偷的敲門聲。

我走過房間，把門打開，童海絲站在門口。

「唐諾！」她喊出聲來道。

「稀客，稀客！」我說：「世界越來越小了。進來，把你漂亮的身體坐下來。你怎會找到我的？」

「我跟蹤你。」

「怎麼會？」

「我們發現你被警察留下了。我的律師許買臣，自洛杉磯打電話給這裡的警察總局，除非他們釋放你，否則他要提人身保護狀。他們答允我律師，他們會在一小時內釋放你，把你送到一家旅社去。」

「之後又如何？」

「我在舊金山，不斷和他聯絡。他打電話告訴我最新進展，我就開車到總局門口等著。那便衣帶你到這裡來時，我是跟著來的。」

「之後呢？」

「我不願太明顯被人看出來，所以我等了兩個小時，回去把車停妥了，叫了一輛計程車，裝了些行李，來到這裡，大模大樣當著門口便衣的面，在櫃檯上登記，租了一間房間。」

「用的是你自己的真名字？」

「當然不是。」

「被人認出來就不太好玩了。」

「不會的，這裡人不認得我。」

我說：「真是令人不信。這樣說來，你和我現在是在同一個屋簷下了。」

「沒錯。」

「我倒真是高興見到你。我以為今天的黃昏，我會孤孤單單一個人虛度了。」

「唐諾，我們現在怎麼辦？」

「你想要辦什麼？」我問。

「我要找出來童達利的錢——也就是我的錢，哪裡去了？」

「你認為哪裡去了？」

「我認為是連愛玲拿去了，不過我也承認完全給搞糊塗了。」

我拿起一張紙，在上面寫：「房間裡有竊聽器。跟著我話題走。」

我把紙放在她眼前，讓她看清楚。她拉開嗓子大笑地說：「唐諾，無論如何你替我完成了很多困難的工作，我看目前最重要的工作，是我們互相交換對本案的新知。」

「那我們就先坐下來。」我說：「我來看看能不能弄到一些可以喝的……噢，又忘了，我弄不到可以喝的。他們有規定，含酒精飲料不能送到客房裡來。」

「為什麼？他們認為你不到十六歲？」

我說：「嚴格說來，我是被保護性的拘留。」

「到底為什麼，唐諾？」

「我來想一下，」我說，「這件事真該想想才能明白。抱歉，我要去洗洗手。

一下就回來。」

她在長沙發上坐下，我把手指豎在唇上，輕輕坐在她身旁。我拿起紙來又寫道：「跟著我的話題，說些荒誕的故事，但是，你不要警察知道的事不要說。房內至少三處有竊聽器。我會告訴你實況，你回答時要小心，更不可問特殊問題，因為我不一定能告訴你。」

在她看清字條上所寫的字後，我帶了紙條，踮腳進入浴室，把紙團揉皺衝下抽水馬桶，把門把故意扭動得發出聲音。我走回來說：「好極了，能見到你真是好。我本來以為這個黃昏會很無聊——我也決定只好虛度了。沒想到你會來。」

「唐諾，你能告訴我發生了哪些事嗎？」

「當然，我要告訴你所有發生的一切。不過，你別見怪，有一、二件事我要保密一下，現在我把大概情形說給你聽：我到這裡來，目的是尋找你那不見了的情人。當然，我一開始查，就碰上了他已經被謀殺的事實，我還是沒有停止我的調查工作，因為我對他怎麼會被謀殺的發生了興趣。

「不過我也不是全力用在他的謀殺案上，因為謀殺不關我事，我真有興趣的是五萬元。告訴我，海絲，你真的愛他嗎？」

「當然，我愛他。」她說。又加一句：「我愛過很多人，當一個人有五萬元，他就更容易被人所愛。」

「你能確定他有過五萬元？」

「那當然，他有一大堆錢。」

「你能確定他有五萬元？」

「他有很多錢，唐諾，他答應要給我六萬元的。」

「他答應你？」

「是的，他答應我要給我六萬元，作為愛情保證金。」

「又發生什麼了？」

「你該知道的。然後他開始說要做這個，要做那個，又要做別的。但是對他要為我做什麼越來越少提起。沒多久我就知道了連愛玲的事。你知道，女人對這種事是有感應的。可能是直覺吧！」

「之後呢？」我問。

「唐諾，假如你要我告訴你所有的事實，我承認我做錯了一件事。我用錯了一種方法。我應該盡量和那女人競爭一下，但是我用了笨辦法。」

「什麼辦法？」

「我說他在欺騙我，大吵大鬧，做一些鄉下女人用的一切方法，但是這種方法實在是於事無補。」

「之後又如何？」

「於是我看出他要一走了之了。我本來想他會把我安置好再離開的，哪知道這畜生說走就走，什麼也沒給我留下。這就是我要請你找他的理由。你要是找到他，我就向他要錢。」

「要多少？」

「我不知道，我告訴你，他說六萬元是說大話，但是，我總會向他要個一萬五、二萬元。我不過用你和你的合夥人，來做個姿態的。這一點我抱歉！唐諾。」

「你本來想用什麼方法對付他，使他不得不就範呢？」

「我有他太多把柄了。」

我把一隻眼眨一下，說：「海絲，我要弄弄明白，你告訴我，會不會他牽涉進了那件裝甲運鈔車竊案？」

「我想沒有，唐諾。根本一點機會也不會有。」

「說老實話，你認識蒯漢伯嗎？」

「他打過兩三次電話給我。我不知道他怎麼有我的電話號碼。」

「你從來沒有和他有過約會嗎？」

「怎麼可能！從來沒有過。」

「你說過你和童達利有過教堂的婚禮，是真的嗎？」

「不是。」

「你們沒有結過婚？」

「我對他說過『好』。那是在汽車裡，不是在神壇前。」

我在紙上寫，「不要停。隨便說什麼，只是不要停。」

她思索地看向我，繼續說道：「你也許以為我是一個隨便可以到手的女人，但是我自己知道不是的。我想你不會知道，一個女人一旦損失她最需要的東西後有什麼感覺。別以為女人最需要的是什麼東西，告訴你，那是安全感。

「然後童達利來了。他對我不錯，而且荷包裡鈔票多多。我不知他哪裡賺來的，不過我大概瞭解，他和另外一個什麼人合夥，他們在搞外圍馬。他對我好，說要為我做很多事。他給我很多錢，我以為只要有錢進來，今後會給我更多。他答允給我終身有安全感的錢。說要先給我六萬元，免得我操心。」

「是五萬元，還是六萬元？」我問。

「六萬元。」

我說：「你說下去。」

她一直在講，我沒聽她講，我在寫。我在一張紙上寫道：「我們講的，他們都能聽到，可能有錄音。我要離開。這是他們喜歡我做的，只有如此他們能聲稱我脫逃——是一種有罪的證據。現在要請你幫忙表演，你要表演你要離開了，然而真正離開的是我。我會把門大聲打開，你表示你要離開了，說再見等等。你留在這裡做出各種聲音，開電視，換電視頻道，要讓他們知道『我』在房裡，沖廁所的水，甚至咳嗽，假如你有把握學男人聲音。你一定要一直坐到十二點以後，讓電視也一直開著。廣告就換台。萬一到時我沒有回來，你就上床，要不時翻身，咳嗽。房門不要關，否則我會進不來，假如你能辦到，我相信我出去可以替你辦事。我們合作一定愉快。」

她看了我寫的，不動聲色地繼續說道：「唐諾，我一直感到你是一個非常好的好人。我不知道為什麼有的男人第一眼就可以使女人信任。其實有這種習慣的女人是吃虧的，因為容易被套牢。無論如何我覺得我可以信任你。我可以為你做任何事，任何事，你懂嗎？」

她向我點頭表示看懂那張字條了。

「你始終沒有想到過有一種可能，姓蒯的和童達利是合夥人，他們兩個人搶了那……」

「唐諾，別傻了，」她打斷我的話說，「達利根本不是這種男人。他是個賭徒，甚至，老實說，我認為他是騙子。他有的是辦法不斷弄錢。我還沒見到過像達利那樣經常有那麼多錢的人。

「我喜歡他，起先我認為我愛上他了。假如不是後來殺出一個連愛玲來，我甚至願意始終跟定他。

「反正，我們結——我們同居在一起後，我漸漸瞭解他，他是一個不肯停下來的人。他永不滿足，要不停的動和改變。他不可能定居，他也不能，不會和任何女人固定在一起。

「叫我生氣的是，愛玲只是個掘金主義者……其實，我雖然也和她差不多，但是唐諾，我的困難是沒有碰到好人……，我就是這個樣，這種樣子的人就是我。」

「你和多少人在一起過？」我問。

「太多了。」她說：「一頭熱的不多，兩情相悅的多得不得了。但是沒有一個向我求婚，沒有一個要我穿上白禮服去教堂的。沒有一個肯和我結婚，這是天經地義的事實。我是浮萍，浮萍是沒有根的。」

「我現在懂得你和童達利的關係了。」

「我知道你會的。」她說：「唐諾，你是一個體諒人的人。」

我點點頭，指一下門，表示差不多了。

「好了，唐諾，我可真要走了。我只是想見你一下。我一肚子苦水很少向別人訴過，你不同，我要你對我瞭解。」

「現在，我急著回自己房去寫幾封信。然後我要早點上床保養一下我臉上的皮膚。明天早上能見面嗎？」

「有什麼不能，一起吃早餐好嗎？」

「唐諾，我要你知道，我有多感謝你的忠心和幫助，我要親你一下，祝你晚安。」

我們一起走向門口，我把門打開。她說：「唐諾，明天見。」

我有點不捨地說：「海絲，你真要走嗎？」

她自喉嚨出聲笑道：「當然我應該走，唐諾。我……我是隨便一點，但不能算是壞女人。我留下來，你會以為我是有備而來的，我……我不知道。我……我明天早上吃早餐的時候再和你見面。再見了，唐諾。」

她親我一下。

我走出去，把門關上。拿了海絲交給我她房間的鑰匙，來到她的房門。過了一下，我走向防火梯，向外望去。

好像沒有人在注意。

防火梯是鐵製的，一層層沿了建築物邊上向下，最下一層是有彈簧的梯子，平時收在二樓，任何時間只能自二樓下去，街上的人是上不來的。

我在走道上找貯藏室，貯藏室的門是上鎖的，但是，一張較硬的信用卡就可以毫無問題幫我打開了那種鎖。我在貯藏室裡找，找到了我要的東西——一捆救生索。

我帶了那捆救生索，又回到防火梯邊上。我再仔細觀察下面四周環境，我爬出窗口，沿了梯子一層層下去，直到二樓走道口的窗外。

我伸一隻腳小心地踩到最後一層梯子上，慢慢把重心移上去。梯子靠強力彈簧的支持，不會一下向下落，而是慢慢地降到地面上。

我知道我這樣做是不對的。事實上警察就希望我這樣做，以便逮住我的小辮子。但是，我也知道，住在這個旅社裡，不出去活動，想要把我掉的五萬元弄回來的機會是一個零。

到了地上，我把救生索約估一下，對摺起來繫在梯子下。我跳到地上，梯子因為失去了重力，慢慢由彈簧升回二樓約十五呎高。

教生索垂在梯子下面，我只要跳一下，就可以拉到。

我沿一條小巷走到旅社的後面，又向較後的地方走了兩條街，足足十五分鐘後，我才找到一輛空的計程車。

我叫司機帶我進城，我說我不記得路名，但是到了市區我會認得我要去的地方。

在進城的路上，我叫他停在一個電話亭旁，我打電話去歐南西的公寓。

一個女人的聲音來接電話。

「是南西？」

「等一下，我去叫她來聽電話。」

我想這也許是波妮，但是也可能是來看守南西的女警。

過了一下，南西的聲音從電話傳來，看來很小心，她說：「哈囉。」

「南西，不要叫出我的名字來。」我說：「你現在是一個人嗎？」

「不是。」

「我知道波妮在，還有其他警方人員在嗎？」

「沒有，只有波妮和我。」

「我是唐諾，」我說，「我要見你。」

「唐諾！」她大聲叫出來：「喔，唐諾，我也好想見你。你能過來嗎？」

「我正在路上。」我說。

「喔，唐諾，我有好多事要告訴你噢。今天真夠刺激。真是過癮，過癮極了——」

「別鬧了，」我說，「我不知道你的電話有沒有人偷聽。假如有人在聽，你根本見不到我。我腳一跨出計程車，就會有人把我捉去關起來。假如我能進到你的家，可能就沒有問題了。你準備好，我一敲門你就開門。假如可以，除了你之外，我還希望能和波妮談談。」

「喔，波妮怕死了。她——」

「別說了，」我告訴她，「我來了。」

我掛上電話，回進到計程車，裝著還是弄不清楚要去的地方的地址。「是一個公寓房子，」我說，「我會把你帶到那一區，之後怕要繞來繞去的找了。看到了我會知道的，我去過兩次，只是叫不出地名。」

計程車司機很合作，他也很好奇。他這一地區很熟，他願意幫我忙來找。我叫他沿一條路一直開，退回來又沿路找。突然，我說：「慢一點，就是那邊那一棟公寓。」

司機把車開過去，靠在邊上，仔細看了那公寓一眼。我付了錢，走進去。看來南西一定是站在門後，一手放在門把上。我才敲了一下，門就大開了。我走進去。

「嗨！唐諾。」她說：「我興奮極了！這是波妮，你對她很熟的。」

蓋波妮美麗得令人暈眩，褐髮，大而清澈的眼睛，玲瓏的曲線，有如隨時會自衣服裡顯露而出。

我對南西說：「南西，今天有什麼事發生？」

她說：「波妮可以幫我們忙，唐諾。」

我看向波妮。

波妮把眼皮眨了兩下，臉上露了迷人的一笑。

不難想像，假如波妮不想在家用飯，想請她吃飯的人，可多的是。

我說：「南西，你仍肯幫我忙嗎？」

「當然，」她說，「只是——」

「只是什麼？」我問。

「我也要和警方合作才行。你是知道的。」

「為什麼？」

「他們說的呀！這是一件謀殺案——你知道應該怎麼樣做的，是嗎？」

「當然，」我說：「我懂。」

我轉向蓋波妮，「你怎麼樣，蓋小姐？」我說。

她眼睛一盼，用手把裙子抹一抹，把很平的裙子抹得和本來一樣平，然後用指甲在她露在裙襬下的絲襪上不斷摩擦。她問：「我能幫你們什麼事呢？」

我說：「我想知道一些連愛玲的事。照你們旅社規定，可能他們不准你說出來的。」

「我已經把知道的全告訴警方了。」

「不見得，」我因為聽到了南西的暗示，所以說：「譬如說連愛玲的戀愛生活，你就沒有說。」

「我怎麼會知道。」她說：「只是我想像中會有不少就是了。」

「說吧，」我說，「為了南西。為了南西，你該告訴我，你知道我要你說的事情。」

「我想她才二十歲出頭。但她已經不是一個沒有經驗的女人了。你一定是知道的。」

「那當然，」我說，「我當然不是在問你她是不是一個處女。你也一定是知道的。」

「我還以為你在問我這一點呢！」

我說：「波妮，時間很重要，你不要拖時間了。」

「你想知道什麼？」

「有關日本照相師這件事。」我說。

「喔，你是說那個說起話來結結巴巴的日本人——他是個可愛的人。」

「好得很，」我說，「對那個人你知道些什麼？」

「什麼也不知道。我從來沒有見過他。我只知道她叫的那個電話號碼，日山照相館。他們拍模特兒照。他們做所有連愛玲的宣傳。」

「有友誼關係嗎？」

「喔！當然有。」

「怎麼個友誼法？」

「我相信她不會和他越規的，假如你是在問這方面的事。但是——他們之間有一種不易解釋的關係。只要是有關連愛玲的事，那日本人崇拜得不得了。她是他的神，他的靈感。要知道，他認為她是一個甜蜜、神聖、忠心、可愛的女孩子，像天上飄下來的雪一樣的純潔。」

「他們有不少次在電話裡講話。是嗎？」

「她有好多次打電話給他，我聽慣了他電話裡的聲音。」

「他們談些什麼？」

「我不知道，我沒有去聽。」

「嗯，」我說，「已經有點意思了。兩位，我現在要在這裡打一個長途電話。我會出錢交給你們，你們以後可以付電話費，我希望波妮用你的聲音來打通這電話。之後由我來講話。」

「要我打給什麼人呢？」她問。

「芝加哥，ＣＣＤ刀剪製造進口公司的董事長國卡爾。這時候只有打到他公館去了。不過不會有困難。他是個有錢人，會找得到的。」

她大笑道：「找他的話，芝加哥市，六四九——七一八三，就可以了。」

我儘量不使自己的吃驚顯露出來。我不在意地說：「你聽到杭警官和他談話了，是嗎？」

她說：「我對你說的事一點也不知道。但是這個人一直迷戀著愛玲。你要知道，她本來是一家進口公司的打字員或什麼小職位的女人。公關的人在找一個大膽到可以宣傳的女人，所以一拍即合。五金博覽會要上報紙，除了用這個辦法，還有其他什麼……」

「別管這一些，」我說，「告訴我有關國卡爾的事。」

「我知道國卡爾在那場合見到了她，把她拖進去選美。」

「你怎麼知道的？」

「因為選美後的三個星期，他因公來這裡，他打電話給愛玲了。她那時在洛杉磯，所以約在這裡見面。她來這裡，住在我們旅社裡，登記為譚芭麗。那是第一次我聽到她另一個名字為連愛玲。國先生一直叫她連愛玲的。她告訴我們電話小姐，所有給連愛玲的電話都接進她房間去。她說明她住店的名字是譚芭麗，但是連愛玲是她的舞台藝名。」

「她有沒有和國卡爾住一起？」我問。

「兩個人在同一層各租一個房間，沒有去看他們有沒有住在一起。國先生是個大人物。他是大五金商的董事長，他要娛樂他的客戶，他自己也娛樂一下。反正我知道他們是好朋友，我也知道連愛玲住我們旅社的時候，打電話找他過十幾次。」

「打到他公司去嗎？」我皺起眉頭問：「為什麼杭警官——」

「喔，不是打到他公司去。」她說：「她打到一個俱樂部找他。也就是他家的電話，他住在俱樂部裡面。他是個鰥夫，那個電話在俱樂部只有他一個人用。連小姐要我們接的是那個電話號碼。」

我走過去，在長沙發上坐下來。

「你要我打電話找他？」她問。

我想了一下，我說：「我真的要你找他了。」

她走過去，拿起電話，撥號，過了一下，一個男人聲音，很有權威地在那邊講話。我接過手來。

我說：「國先生，我是一個在辦舊金山一件命案的偵探，我——」

「老天，」他咆哮地道，「你們這些人不肯給人一點安逸嗎？我不斷和警官、警探談話。我知道的都對你們說過了。我自己看過記錄，根本不可能——」

「我不是為這個來打擾你。」我說。

「你說什麼？」

我說：「最近幾天，有沒有某個人向你們要求送貨，你們感到不尋常的？」

「沒有。」

「有沒有要求你們緊急送出什麼樣品——」

「沒有。」

我想到杭警官和他對走捷徑的非難。我又想到杭警官不喜歡天才型的偵探工作。他已經查過的，我應該放心。我說：「抱歉，國先生。我因為有必要所以打擾你。我想我大概消息不對。」

他說：「我希望你們的人不要再打擾我。老天！我後悔我出售這種刀子。不過這種刀子真為我賺錢。」

「銷路很好嗎？」

「在東部銷得像不要錢一樣快。」他說。

「西海岸沒有銷嗎？」

「沒有，我們東部來的訂單貨源已經不足了。這種鋼非常特別，絕非一般刀子可以相比的，真正的高品質。」

「你說貨源不足？」我問。

「對的，」他說，「又說漏嘴了。這些貨我們自己沒有加工，我們是完全進口的。」

「到底哪裡來的？」

「日本貨，特種鋼煉自瑞典，刀柄日本製。」

我抓緊話機，我再問：「你說哪裡進口的？」

「日本，」他說，「怎麼啦，接線不好嗎？我聽你說話可很清楚呀！」

「你能告訴我是哪一家在製造這種刀子，名字叫什麼？」

「不在手頭上，」他說，「是一個我老記不住的日本名字，挺繞舌的。」

我說：「究竟第一次你是怎麼會知道這種產品的？換句話說，一把日本製的刀子，怎麼會被你們芝加哥的公司看中……」

「因為我們推銷網健全，我們給他們簡報的推銷計劃最動聽。」國卡爾說：「事實上，我們第一次是經由一家分支芝加哥的日本進口公司給我們推銷的。」

「噢，是的。」我說：「這件事的背景我記起來了。那是五金小姐促成的，是嗎？」

「差不多。是三多進口公司。」

「大進口商？」

「是的。他們是大進口商——代表了很多日本製造商，多數是非機械的玩意兒。他們不銷照相機、望遠鏡等要修要保養的東西，但是銷很多刀子、剪刀、裝飾品、新奇的女人佩件等等。」

「謝了，」我告訴他，「我抱歉，再也不會打擾你了。」

「告訴你們的人，彼此間連絡要好一點，不要分批的來搞疲勞轟炸。你說你姓什麼，警官？」

我小心地把話機放回鞍座上。

「怎麼樣，唐諾？」歐南西問。

「這就是偵探需要的第一種訓練。你東問西問，再把知道的組合起來。」

「什麼意思？」她問。

我說：「所有人都在找是什麼人在經銷這種刀子，都找到ＣＣＤ公司。但是沒有人問，是什麼人賣給ＣＣＤ這種刀子，或是經由什麼關係，這種貨會進入我們國家。

「而我也真是笨，一個人不可能先被五金商選為五金小姐，之後再穿上泳裝照相。一定是先有泳裝照片，然後有五金小姐頭銜。」

波妮說：「當然是泳裝照片在先。我自己也試過一次這種玩意兒。那是信用卡聯盟。所有報名的人，報名時就要附上泳裝照片。」

「贏了沒有？」我問。

「沒有。」

「怎麼會？」

「是我自己笨，我以為我報名照所穿的泳裝，應該就是我最後一場泳裝登台相同的一套。但是，其他參加的女人大膽得多。」

「你在說比基尼，三點式的。」

她說：「比基尼，三點式的，沒錯。裁判被她們吸引住了。」

我對她說：「波妮，我對你說，我一定要進那個旅社去，我要進去，但是又不能讓人知道我在裡面。你在旅社工作那麼久，你認識夜班的僕役頭，我要先和他在電話上談一下。」

「但是，你為什麼不直接走進去——」

「他現在不行。」歐南西說，「波妮，你還不瞭解，他燙手得很。除非有掩護，他哪裡都去不了。」

蓋波妮說：「那個僕役頭是——我和他一起出去過幾次的。」

我說：「那更妙了。你要他做的，他一定不折不扣的。」

「不見得。到頭來是我不知道他要我做什麼。」

我說：「這樣更好。你叫他做事他會盡全力做。你打電話找他，說是為了你的好處要請他幫忙。」

「你要他幹什麼？」

「我要和他談談。」

波妮打電話到旅社，指名道姓的找來了夜班的僕役頭。過了一下，她對我點點頭，把電話交給我，她說：「他的名字叫克立。」

我說：「哈囉，克立。我有一件事要請你幫忙。」

「你是什麼人?」

「我是波妮的朋友。」

「是嗎?」他的熱誠突然大大地打了折扣。

我說:「我很多年沒有見過她了。我從洛杉磯來。我找她的目的,就是要知道你的姓名。」

「噢,是嗎?」他說。這次他的聲音充滿了好奇,但是敵意已經大減了。

我說:「我要進你們的旅社。我有五十元現鈔給你,你要幫我忙。」

「五十元現鈔隨時隨地都是硬噹噹的,」他說,「要幹什麼?」

我說:「我要你帶一套你們旅社僕役的制服,來波妮的公寓。我要穿了和你一起回旅社。」

對方靜默了一陣子。他說:「這會給我找麻煩的。」

「沒有人知道就不會給你找麻煩。」我說。

「這一類事,有人有辦法搞清來龍去脈的。」

「我實話告訴你,」我說,「我的工作發生一些困難。我是一家雜誌的記者,我在寫和那件謀殺案有關的一個故事。故事刊出,我有五百元收益。所以我願意付點錢作先期的投資。但我也不願付給你太多,最後政府還要收我所得稅。你假如不幹，我們只好當作沒有談過。」

「幹，」他急急地說，「我幹！」

「好吧，」我說，「把制服帶來波妮的公寓。你拿得到制服吧？」

「那沒問題，」他說，「但是我不知道你的尺寸。」

我轉向波妮，我說：「波妮，你認識不少旅社裡的男孩，有沒有跟我差不多大小的？」

波妮看了我一下，她說：「告訴他帶一套和小蔡差不多大小的衣服來。」

我說：「波妮說我的大小大概——」

「我聽到了，」他說，「她在邊上，是嗎？你在她公寓待多久了？」

「我才來。」

「好吧，」他說，「我馬上來了。」

波妮心事很多，顯然在擔憂，但是歐南西興奮極了。她每一、二分鐘，就要到廚房去喝口冷水。

在克立還沒到來之前，我有機會可以想一下。

克立來了，我才懂得為什麼波妮擔心害怕了。他看波妮，像是買牲口的檢查口牙一樣，波妮是商品。

制服大小正好合適，有如量身製作的。

我給了克立五十元。他自己有車在門口。

「我要借兩個衣箱。」我告訴歐南西。

她拖出兩個衣箱，一個是她自己的，一個是波妮的。

「會還我們嗎？」波妮疑心地問。

歐南西搶著在我之前說：「當然會還你的，波妮，賴先生是——」

我給她警告性的一瞥。

她接下去說：「一位有信譽的雜誌記者。你在很多雜誌裡都看到過他的作品。你的衣箱在他手裡，會像在你自己手裡一樣安全。」

我往箱子裡裝進過期的雜誌和舊報紙。在去旅社的路上我對克立說：「我要一把通用鑰匙和——」

「喔，少來了。我們從來不把通用鑰匙交給任何外人的。」

「我認為通用鑰匙是包括在那七十元——」

「七十元！你給了我五十元。」

「誰說！七十元才對。」

「是五十元。」

「不過應該是七十元，」我說，「七十元當然該包括使用一次通用鑰匙的。」

「嘿，」他說，「你真是得寸進尺，不過你很聰明。」

我說：「我提了這兩個箱子走進去時，你只要站在邊上，順手把通用鑰匙交給我就行了。」

他說：「那玩意兒是拴死在一個很大的鐵環上的。那玩意——」

我告訴他：「我不管那玩意兒拴死在什麼東西上。我要用一次通用鑰匙。」

「我會被開除的。」

「好吧，」我說，「也許我是想的太好了。我們只做五十元錢的交易好啦。」

「好吧，把那額外的二十元給我。」

我又給了他二十元。

我們來到旅社，我大模大樣提了兩個箱子向裡面闖。頭向下低著，雙肩聳起，有如兩個箱子有點過重的樣子。

克立走向櫃檯，和值班職員說兩句話，得到職員點頭首肯後，他拿了通用鑰匙向我走來。這玩意兒是用一個大的金屬圓環拴著，拿不下來的。不論男人、女人，只好拿在手裡，而且是很搶眼的。

他把鑰匙交給我，自己無聲地走開。

我走向電梯，來到七樓，離開電梯，開始敲各客房的門。

我試著敲的第一個門，敲出了一個穿了襯衣沒穿上裝，穿了襪子未穿鞋的大塊頭男人。

「是你打電話叫僕役頭把這些箱子送上來的嗎？」我問。

他說：「沒有。」一把門重重關上。

我又試了兩個房間，回答都是「沒有」。

下一個房間，沒有人應門。我確定沒有人住在裡面時，我用通用鑰匙把房間門打開。

床是鋪好了的，毛巾沒人用過，房間裡沒有行李，是一間沒租出去的空房。

我把箱子和通用鑰匙放下，把門鎖的鎖舌卡進鎖去，確定不會意外把門鎖上了，我把門掩上，自己走下走道，來到連愛玲的房外。我在門外靜聽了一下，想確定她有沒有訪客。我聽不到任何聲音。

我用手敲門。

連愛玲開的門。

她穿了一套輕而寬鬆的家居服，看得出裡面連三角褲也沒穿，自昏暗的走道看向站在門口的她，背景是亮的房間、真令人想人非非。我看得出這身衣服是特別挑選的，她開門後的站姿是經過演練的，甚而室內光線也是精心設計的。如此看來，她是在等一個人，她要以自己最美的姿態出現，給那個人一種印象的。

「你！」她說著想把門關上。

我把一側的肩膀一低，抵住那扇門，不客氣地走了進去。

她帶了恨意看向我。她說：「這一次你又變成一個小廝了！賴先生，請你出去，現在就出去。假如你不走，我就叫——」

我問：「又要叫警察？太有趣了。」

「你混蛋！」她說。

我說：「坐下來吧，愛玲。你應該輕鬆一點。要來的終歸要來的。坦然處之才是真豪傑。」

「我聽過不少人這樣說，但是真做起來又變成了另一回事。」

我走向一把椅子，坐下來。我說：「我們來試著把這件事推一推理。你在三多進口公司的朋友，是哪一位？」

她說：「我要罵你了。你是最多事、最鬼頭鬼腦的——」

我說：「在我沒有說明來意之前，先別把人拒於千里之外。這次我是來救你脫離苦海的，這次你再撕爛衣服，一點用處也沒有了。不管這件事你知不知道，反正你是逃不掉的了。」

「我逃不掉是什麼意思？」

我說：「在你離開洛杉磯後，我和我的太太遷進了以前你住的公寓。我把我的衣箱放進了車庫。我能證明，你故意把我們箱子換了，使童達利拿不到自己的箱子，而錯拿了我的箱子。之後，你把他箱子自己拿了。你找到箱子裡的一個秘密隔層，你把五萬元拿了出來。童達利就再也沒有利用價值了。

「你曾經為芝加哥三多公司工作過。你那時認識了國卡爾。他在五金商圈子裡是個大亨。他對你產生了興趣。你也開始賣東西給他。搞公共關係的孔潔畔想到了一個五金商選美的玩意兒。給大家看大腿和曲線。

「我想，那國先生如果不是裁判，也一定是握有決定權的人。

「他把你選出來。是內定的，或是經過了他的影響，你被選出來了。你因此達到了宣傳目的，你當然用不同方法，在各種不同時機，要知恩圖報。」

「那也不一定，」她說，「這種選美，自己先要有本錢才行。我有本錢，是嗎？」

「怎麼知道？」我說。

她仔細地看我，心裡在思量該怎樣對付我。她挑逗地說：「想看一下嗎？」她站起來摸索著在找身上的拉鏈，然後她誘惑地說：「怎麼樣，唐諾？」

「你是不是想轉換一個話題？」

「你呢？」她想知道。

沒有完全關上的房間，這時驀地打開。穿著一套藍色套裝的柯白莎，大步闖了進來。

「不必麻煩了，娃娃，衣服還是不要脫下來。從現在開始，你不是在對付男人，你改為對付女人了。你要對我說話了。」

愛玲抗議說：「你是什麼人？你到這裡來幹什麼？你未經同意就闖進來是犯法的。你竟敢——」

白莎伸出她的手，推向愛玲胸前。連愛玲一下摔在沙發上，我看到她坐下後頭還在後倒。

白莎說：「少來這一套。我不會讓你這種賤人自以為是的。」

白莎轉向我。「我在門外聽了足夠的時間，聽到你終於又受不住女色的引誘了。你到底到舊金山來追什麼的？」

「目前，我在追童達利命案的兇手。我剛才正在漸入佳境，可能馬上有結果時，你闖了進來，把情況弄亂了。」

白莎說：「嘿！我來的真是時候。這娃娃正在討論她是用什麼本錢贏得選美的，而你是她第一排唯一的一位觀眾。

「你告訴我，你想要從這母狗身上知道什麼事，我來叫她吐實。」

我說：「她替日商三多公司做過事。她和一家很大的五金經銷商ＣＣＤ公司的國卡爾很熟。

「連愛玲和國卡爾常常出遊。當三多公司有一種相當好的特種鋼牛排刀的時候，連愛玲告訴他們，她可以叫ＣＣＤ公司採購他們的貨。」

「她辦到了。

「五金年會在新奧爾良召開的時候，他們決定要選出一個全美五金小姐來。這五金小姐會有很多報紙宣傳、好萊塢試鏡、上電視等等。連愛玲厭倦了她的辦公室工作。她找到她的老朋友國卡爾。他叫她脫掉衣服，照幾張泳裝相去報名。他還建議她照相應該在西海岸照，弄一個西海岸的地址，如此他可以說他在幫朋友忙。

「據我推測，連愛玲找到感激她幫忙的三多日本朋友。朋友又介紹她給會拍很好照片的日山照相館老闆高橋浩司。

「現在，我告訴你，我正好想從這個地方開始問她，而你就這樣闖進來——」

「而我給你做的好事情，」白莎說：「是她，正準備給你好好招待一下。給這個娃娃一小時和你這個無聊男子在一起，你就祖宗八代都忘記乾淨了。

「你乖乖的讓我來接手——」

電話鈴響。

在白莎能夠拿到電話之前，連愛玲已經拿起電話說：「哈囉——目前我這裡有人，」她的聲音突然熱情起來，「喔，是的，杭警官，我非常願意見你。我這裡現在有兩個人在，不過我想他們正要離開。為什麼你不馬上上來呢？有人和你在一起？喔，那太好了——不，沒關係。我很想見你。你上來好了。」

她站在電話邊上，臉上帶著微笑。我想白莎是一個自己會照顧自己的人。我知道我自己是泥菩薩過河了。我衝出房門，跑下走道，溜進我放下兩個箱子的空房間，把門鎖上，我等候。

等候是最苦的一件工作。我聽得到自己的心在跳。我聽不到電梯門叮噹聲。我也聽不到走道上腳步聲。

我等候一陣時間，開一點門再聽一下，我拿了兩個箱子，走到樓梯門，向下走了三層，然後再乘電梯，仍舊穿了制服，帶了兩個箱子，經過大廳，走向大門。

櫃檯前的職員把手掌拍在桌鈴上，大叫道：「小弟！」

他又大叫：「小弟，嗨，小弟，你……嗨——你！」

我把兩個箱子放下來。

他命令我說：「把貢先生送到八一三號房去。除非……」

我看向貢先生。那裡是什麼貢先生，他是我的老朋友，洛杉磯的孔潔畔先生。他沒有認出穿了制服的僕役是我。我站在兩個箱子前，我說：「我要把客人行李送去找計程車。」

「好，好，你去吧。」職員說。他轉向孔潔畔說：「貢先生，請等一下，我另外找一個僕役給你。」

職員又把手掌拍向桌鈴，一面大叫：「小弟，小弟。」

我又拿起那兩個箱子，走到人行道上。幸好正有一輛計程車在候客，我把兩個箱子交給計程車司機，他把箱子裝好在行李箱裡，站在車旁等候客人出來上車。

我一下跳進車子，說：「客人叫我送這兩個箱子去一直下去的一家公寓。」

我們就如此離開了公寓。一直向前開，直到街角轉彎。沒有紅色的閃光，沒有警笛的亂鳴，沒有人吹哨子。一切平安。

我落下一塊石頭，鬆了一口氣。

我叫司機在公寓前等候。我把箱子還給波妮和南西，並且告訴她們，最好別把今晚發生的一切記在腦裡。我在她們浴室裡換了衣服，把換下的制服交給波妮。我回到計程車，請司機把我帶到離開海景旅社五條街的地方。

我沿小巷進去，找到防火梯，抓到預留的救生索，把防火梯的最下一段拉下來，爬上樓梯，在二樓處停下，讓防火梯最後一段彈回來，我把救生索解下，把繩子繞在手臂和手肘之間，開始抓防火梯上樓。

我一面計算層數一面向上爬，爬到海絲租有房間的一層，又自走道盡端的窗子裡翻進房子，踏上走道。我自口袋拿出鑰匙正要開門，突然聽到電話鈴響。那是我沒有事先想到過的意外。

假如我去接電話，警察聽到是一個男人在接電話，仔細一想，西洋鏡終必拆穿。假如我不去接電話，警察會奇怪海絲哪裏去了。細細一想，也會穿幫。

我快步走下走道，文雅地敲我自己租的房間的門。

海絲，只穿了內褲和胸罩，把門打開，準備說什麼，我做了個手勢，她自動停住。我一把把她拉到走道上來，把她房間的鑰匙交回給她。「快回去，」我說，「電話在響，他們在查你，告訴他們你剛才在浴室裡。」

她說：「我沒穿衣服呀！我睡覺的時候把衣服——」

「快走，」我在她屁股上打了一巴掌，一面自己走進自己房間，躡足地走到臥房，咳嗽兩下，大聲地打了一個呵欠。

我走進浴室，把防火梯上弄來的骯髒洗乾淨。才自浴室出來，意外地發現門驀然打開，童海絲又走了回來。

我向她做了一個用眉毛詢問的表情。

她指向自己只穿了極少東西的身體，走向衣櫃，自衣櫃拿出一件套裝，看向我，猶豫著。她眼睛是熱情的，非常挑逗的。

突然的，電話鈴打斷了室內的寂寞。

我讓電話響了五、六下。走過去，拿起電話，帶睡意地說：「哈囉！」

杭警官說：「賴，有沒有把你吵醒？」

我生氣地說：「是不是又想要什麼意見了？」

杭警官說：「我想你會想知道的。洛杉磯那一頭，悅來車人餐廳的老闆邢多福，已經向宓善樓警官做了自白了。他說，在那件裝甲運鈔車竊鈔案裡，他和蒯漢伯兩人是合夥的。

「那兩個開車的對兩位在餐廳工作的小姐特別有興趣。邢多福利用她們欺騙開車的和守衛的，自兩人口袋拿出鑰匙，詳細情況我不必告訴你，但是邢多福弄到了鑰匙的蠟模，複製了鑰匙，當裝甲運鈔車停下，上面的人下來喝咖啡的時候，蒯漢伯假裝換一個輪胎。他把車直接停在裝甲車的後面。他知道車子在運一批十萬元的千元面值鈔票。是童達利要求銀行特別給他運的。童達利為了要和連愛玲一起出走，所以才要這樣一筆款項。蒯漢伯自連愛玲的一個朋友那裡，知道了這個消息。

「基於這個原因，宓善樓心情愉快。他甚至感到應該對你友善。他已經把失竊的鈔票都弄回來了，只少六千元。他當然說是他自己一個人的力量破案的。他要我轉告你，他始終是你的好朋友——他對你那種狂妄自大、自以為是的態度，是很生氣。但是，用他的話講，他認為你是一個可愛的小渾蛋。」

「所以，」杭警官說，「你現在真的可以自由了。賴，你想做什麼都可以，都無所謂了。再告訴你一件事，也許你已經知道了，你的女朋友童海絲，現在用龔海絲的名義，正住在你相同的一個旅社裡。她的房間是四一七，和你在同一樓上。也許你想給她掛個電話。」

「她也在這裡？」

「是的。」

「是你把她弄到這裡來『保護』的？」

「她自己來的，」杭警官說，「我是在設一個陷阱。你是陷阱中的餌。她的律師不斷打電話，吵著要立即釋放你，所以我們給他一個確定的時間，他當然會向她表功，於是她會跟著你來。那個開車把你送到這裡來的警官，不得不假裝不知道，她一直跟蹤在後面。老天，你們這種外行人可以認為我們警察有多笨。」

「等一下，」我說，「假如宓善樓收回了裝甲運鈔車竊案的贓款，那麼，我拿到的五萬元，又是怎麼回事？」

「是你自己倒楣，」他說，「宓善樓警官有一樁裝甲運鈔車竊案。他破案了。我有一件謀殺案，我沒有破案——還沒有。

「你掉了五萬元。你還沒有破。據我看，你是破不了了。

「我們都各有各的困難。上帝的子民都有困難。」

「嗨，等一等。」我說：「這兩個小時之內，你見過連愛玲嗎？」

「沒有。我們一度查過她公寓，什麼都沒有發現。我們不把她列入嫌疑了——至少目前如此。現在，假如你想要和你女客戶開一個深夜密談的話，我是十分通融的人。賴，我要提醒你，你的房間是裝了竊聽器的。在你沒有住進去之前，我們就已經在監聽。現在告訴你沒關係了。你和海絲的談話，我們已經用錄音帶錄起來了。」

「怎麼可以！」我說。

杭警官咯咯地笑，笑得喘不過氣來。「賴，你對電視節目的愛好，我實在不敢領教。看你對案子推理起來頭頭是道。我想把你留在房裡，你一定看私家偵探的節目。我怎麼也想不到你會去中意婆婆媽媽的愛情連續劇。而且看得津津有味，除了廣告之外絕不轉檯。」

「嗨，等一下，」我說，「這樣說來你今晚沒有到卡多尼亞大旅社？你今天晚上沒有去看連愛玲，是嗎？」

「沒有，至少二、三小時內沒有。」

我說：「警官，幫我一個忙。我要花三十五分鐘才能到達那個旅社。你能不能也一起去那裡？」

「為什麼？」

「我有了一個極重要的想法。」

「又是另外一個你的聰明想法？」

「沒有錯。」

「老實對你說，」他說，「我是要回家上床去了。我再也不會為了你的聰明想法，跟了你全城的亂跑。」

我說：「也好，我在電話裡跟你說好了。連愛玲曾經替三多進口公司工作。這是在她做全美五金小姐之前。ＣＣＤ公司的董事長國卡爾對她非常傾心，她一面和他交往，一面讓三多公司自他那裡接來大批定單。這裡面她也許尚有固定佣金。其

「有一筆大交易，是三多公司進口，交由ＣＣＤ公司總經銷，日本製、瑞典鋼、假瑪瑙的餐用刀。

「除了那日本進口公司的經理之外，她是全美國第一個有這種刀子的人。她還拿了一把樣品，交給ＣＣＤ公司的國卡爾，以促成這筆買賣。現在，你要不要——」

「老天！」他說，一下把電話掛上。

我轉身向海絲，她還站在那裡。那樣甜美，那樣誘人，那件衣服還在她手裡。

「快穿起來，寶貝，快穿起來！」我向她大叫：「我們在爭取時間。那個狗養的現在要搶在我的前面，他一定已經在去連愛玲房間的路上。」

我不斷拍打電話直到接線員出來。我說：「馬上給我找輛計程車，要快。」

第十一章 一級謀殺罪

我塞鈔票給計程車的司機，要他不必管交通規則。在杭警官把電話掛斷二十二分鐘之後，我們就把車子靠向旅社下車了。

「快些，海絲。」我一面說，一面抓住她手，經過旅社大門，快步到電梯，直上七樓。

我拖了海絲，走向走道，來到連愛玲的房門口，試著推門。門沒有鎖。

我從來沒有見過一個房間像這樣的劫後殘垣那樣慘相。連愛玲用一件法蘭絨的浴袍包著身體，她在哭，本來那件半透明毛茸茸的睡衣，已被撕破，扯下來的破片散落在公寓地上。連愛玲的右眼比左眼小了一點，那是因為腫了的原因。她怕得要命。

白莎站在房間正中，兩手叉腰，在檢閱她造成的戰果。

杭警官在做記錄，他有點迷惶。

我走進去的時候，他抬頭望向我，一點也沒有表示意外，好像一切的一切再也不會使他驚奇了。

柯白莎看著我說：「你為什麼要逃走？老天！做個偵探，連老掉牙的利用電話老套都不知道嗎？阿貓阿狗打電話來，就因為她說『警官，請上來呀！』你就夾了尾巴逃得那麼快——其實那是她的什麼朋友要上來。他先打電話看看上面有沒有他不便見的人。她一說上面有人，那傢伙的電話掛得個賊快。我離她近。我聽到那傢伙掛電話的聲音。對方掛上電話後，她對著空電話猛講，目的是嚇嚇你這種外行的。」

我看向白莎，我說：「你在說什麼啊？你一定把我和別人搞混了。白莎，你認得我們的客戶嗎？這位是海絲小姐。」

杭警官盯向白莎道：「別亂扯，柯太太。賴一個晚上都沒有離開過他房間。我們有方法在監視他，少和我來這一套！」

白莎想講什麼，又改變了意見。

我面對白莎問道：「這裡怎麼回事？」

「這個婊子和一個姓孔的公共關係人搞得不錯。」白莎說：「她喜歡他，但是他沒有錢。當有錢的童達利看上她的時候，她就和姓孔的斷了。

「姓孔的大大不高興。他妒忌。他想辦法找到了童達利。趕到這裡來，正好在童達利發現自己換錯了一個箱子的時候。他看到了童達利和連愛玲在一起。

「童達利在向這位只看重鈔票的連愛玲解釋，換錯箱子真是意外又意外。他有很多錢，一定是給別人知道，掉包了。這一套連愛玲見過，她以為他也在耍鬼話，她講了很多淑女不該出口的話給他聽。

「姓孔的衝進來，是在姓童的聽了太多不受用的話之後，受不了伸手扼住她喉嚨叫她停嘴的時候。

「姓孔的看到一套餐刀餐叉在桌子上。他拿起餐刀插進了童達利的背後。」

「你能不能告訴我，」杭警官問，「這把他媽的刀子，是從哪裡來的？對不起，我不該在女士面前說『他媽的』。這三字經算我沒有說。」

白莎看向他，眼睛在閃耀，她說：「有什麼『他媽的』不可以講。我總覺得聽到幾句粗話就會昏過去的女人，一定是假裝出來的。你剛才問我什麼來著？那把刀——喔，是的。那是家庭生活的一部分。連愛玲和童達利是準備度蜜月，他們要像夫妻一樣生活。連愛玲帶到他房間來的一套刀叉，以後說是要由他專用的。

「姓孔的使用刀子後，連愛玲叫他快走。叫他把另外的叉子和漂亮匣子也帶走。她說那把刀由她負責。她要他乘飛機回去。她還保證她會回去找他。我想他現在正等這婊子回去呢！」

「她把姓孔的支走之後，」白莎說，「我們的這位不要臉的小姐檢查屍體，在死人身上發現了一條錢帶，其中有七十五張千元面值的鈔票。錢當然落入了她的手中。

「她又檢查了那個衣箱，發現那個箱子本來是屬於住在金門橋大旅社一位叫葛平古的。她當然不會留個條子給葛平古，也不會糊塗到從自己房間打電話給葛平古。不過，她至少花了四元錢，利用大廳裡的公用電話，一次一次打電話給金門橋旅社，要求和葛平古通話。

「她把刀子和空錢帶放在一個原在房裡的手提箱裡，拿下樓，隨意地放在進旅社的行李堆裡。她自己就不管了。

「在屍體被發現前，她把一切掩飾手續都做好了。童達利是個大賭徒，他準備好了要溜掉。他把所有東西變了現鈔，都是千元大鈔。他怕萬一有意外，他不願把所有雞蛋都放在一隻籃子裡。他帶了七萬五千元在身上錢袋裡，另外放五萬元在他衣箱裡。運鈔車中所竊失的錢，對童達利是毫無影響的。所有錢都有保險的。銀行照付他的提款，什麼事都沒提。」

連愛玲木雞似的坐在牆角邊，飲泣著。她完全垮了。

海絲，睜著兩隻大眼，聽著。

杭警官說：「好了，我們現在只要到洛杉磯把姓孔的——」

我說：「請你們等一下。」我走向電話，拿起話機要櫃檯職員通話。我說：「請告訴八一三房的貢先生，有一位警官在旅社裡，要他到七五一連愛玲的房間來一下。」

我把電話掛上。我對杭警官說：「走，我們正好來得及。」

他猶豫了半晌，還是跟了我走出來。

我們衝進樓梯間，來到八一三室。

我們才到八一三門口，門一下打開，孔潔畔拖了一個箱子，匆匆走出門來，臉上充滿了驚慌之色。

「哈囉，孔兄。」我說：「記得我嗎？我是賴唐諾。你可以和杭警官握握手。」

杭警官看一眼孔潔畔，伸手從後褲袋拿出手銬。他把一切該辦的辦妥後，轉向我問道：「你他媽怎麼知道這個人用姓貢的名義，也住在這個旅社裡？」

「警官，」我說，「對這一點，在報告裡，你只能寫成是因為常看電視裡私家偵探節目的結果。每一個電視偵探迷都會知道，片子快結束的時候，兇手一定要回到最方便的地方來，否則在短短三十分鐘的節目裡，案子怎麼破得了，甭說還要擠不少廣告進去呐。」

杭警官把手收回去準備揍我。他氣得臉都白了。他改成深吸一口氣。他說：「我很感激你，賴。同時，我也完全領略到，宓善樓警官對你的感受。」

我們帶了孔潔畔，走進白莎正在「保護」的連愛玲的房間。

孔潔畔看了一眼喜好戰鬥的白莎和正在哭泣的愛玲，他什麼都懂了，開始一五一十地招認。

他知道連愛玲變了心。他知道童達利會到舊金山來，童和連會從此開始同居生活。所以他來這裡，本意只是想用假音騙開連的房間，挾持連愛玲，叫童達利在多少時間內付多少鈔票的。

我揭穿他說：「其實，那個時候，你腦子裡已經想好了，為了不讓他擋住你自己的路，你要把他除掉。」

「不，不，不！」他歇斯底里地喊道：「我賭咒，我沒有。」

「瞎扯！」杭珈深警官說：「我們尚不能證明，但是我想我們會找到證明的——這是預謀的，是一級謀殺罪。」

連愛玲哭著說：「他是為了保護我，才——」

「那是你在講。」杭警官說：「我們來成立得起嗎？」

他轉向我說：「好了，你們兩位，怎麼來的就怎麼去吧。我是說離開這個城。

另外警告你們一句，離開這裡後不准為這件事對記者或什麼人瞎嚷嚷。漏出去的消息只要有半點和我們說的不同，你們終生就別想來舊金山了。否則，我會叫全市的警察跟在你們後面找你們的麻煩。

「我會叫警官保護你們兩位貴賓到機場的。你們兩位會創一個直到機場的最快紀錄。我們的警車會閃紅燈、拉警笛，一路護送你們。

「我不能送你們去，這必須抱歉。我要帶這一對寶貝去局裡，用我又老又正確的警察老套，偵破謀殺案。

「回洛杉磯後，切記只掃你自己門前的雪。少和記者來往。宓警官在那裡既然獨自偵破了竊鈔案，找到了贓款。我在這裡當然獨自偵破了謀殺案，抓到了兇手。你可以再多用一些腦筋，去想想那五萬元錢，假如這筆錢真的到過你的手。」

「我不必再用腦筋了，」我說，「我現在已經知道五萬元在哪裡了。」

「在哪裡？」

「我實在是個大笨蛋，我早就應該想到的。」我說。

「好了，」杭警官說，「你又引起我好奇心來了。五萬元在哪？」

我用手指向白莎，我說：「好了，白莎，講出來吧！」

柯白莎的臉一下轉紫，她非常生氣。然後，她說：「你這渾賬小子嚇得我差一點昏過去了。我打開你寄回來的照相機包裹，目的是看你又浪費鈔票買了什麼東西，可以給你寄回去。我打開那包放大紙，千元大鈔掉下來落了一桌子。我把鈔票撈起來，放進抽屜，就在這時候宓善樓的電話來了。他告訴我你做了什麼，我就變成坐在一大堆贓款裡被你將了一軍。所以我出去，就近買了一匣放大紙，和你買的相同牌子。我用小刀把包裝玻璃紙割開，放回郵包盒子裡去，拿了盒子，交給接待小姐，叫她再包起來，寄回那個混蛋照相館去。

「五萬元的贓款！熱得炙手，老天！自此之後，我一直沒有睡——」

我轉向童海絲，微笑道：「這不是贓款。」我又轉向白莎說：「這筆錢一點不熱，是冷冷的現鈔。」

「是我的錢嗎？」童海絲問。

「當然是你的錢。」我說。

白莎說：「親愛的，你用什麼方法來證明是你的錢呢？」

「不必，」我說，「不必費什麼勁。我這裡有一封信，是童達利親自簽名的。信裡他承認這筆錢是他已經給了她的。童達利是一個外圍馬賭徒。他有一個短處——喜歡美女。連愛玲一出現，他希望給點錢給海絲，了結這段情。」

「叫我休息，讓我自謀出路。」童海絲自嘲地說。

連愛玲始終連頭也沒有抬過。她是徹頭徹尾地失敗了。

童海絲過來，抓住我手臂，無力地靠向我，她的嘴唇，感激地吻向我的面頰。「唐諾，」她輕輕地在我耳旁問道，「那些你找到的那些鈔票，有人剪掉過每張鈔票的一個角嗎？」

我也用耳語告訴她說：「我找到的時候，假如沒有被人剪掉過角，等白莎拿出來時，一定是已經剪過了的。她絕對不會讓一筆可觀的委託費，從她有鑽石的肥手中溜掉的——老實說，海絲，我可能宣佈早了一點。不過，我認為——」

白莎說：「老天！你們兩個少來情話綿綿了。」

杭警官不知何時電話在手。他對電話說：「派輛絕不會拋錨的警車來，要有紅燈、警笛，一樣不能缺，還要一個真他媽會開車的駕駛員。我要保護兩個貴賓滾回洛杉磯去。」

他把電話摔回鞍座，看著我搖搖頭說：「你們這些渾賬的外行偵探！」

相關精彩內容請見《新編賈氏妙探之21 寂寞的單身漢》

新編賈氏妙探之20 女人豈是好惹的

作者：賈德諾
譯者：周辛南
發行人：陳曉林
出版所：風雲時代出版股份有限公司
地址：10576台北市民生東路五段178號7樓之3
電話：(02) 2756-0949
傳真：(02) 2765-3799
執行主編：劉宇青
美術設計：吳宗潔
業務總監：張瑋鳳

出版日期：2023年9月 新修版一刷
版權授權：周辛南
ISBN：978-626-7303-13-9

風雲書網：http://www.eastbooks.com.tw
官方部落格：http://eastbooks.pixnet.net/blog
Facebook：http://www.facebook.com/h7560949
E-mail：h7560949@ms15.hinet.net
劃撥帳號：12043291
戶名：風雲時代出版股份有限公司

風雲發行所：33373桃園市龜山區公西村2鄰復興街304巷96號
電話：(03) 318-1378
傳真：(03) 318-1378
法律顧問：永然法律事務所 李永然律師
北辰著作權事務所 蕭雄淋律師

行政院新聞局局版台業字第3595號 營利事業統一編號22759935

定價：299元

國家圖書館出版品預行編目資料

新編賈氏妙探. 20, 女人豈是好惹的 / 賈德諾(Erle Stanley Gardner)著；周辛南譯. -- 臺北市：風雲時代出版股份有限公司, 2023.05　面；　公分

譯自 :Kept women can't quit.
ISBN 978-626-7303-13-9（平裝）

874.57　　112002535